書下ろし

瞬殺　御裏番闇裁き

喜多川 侑

祥伝社文庫

演目

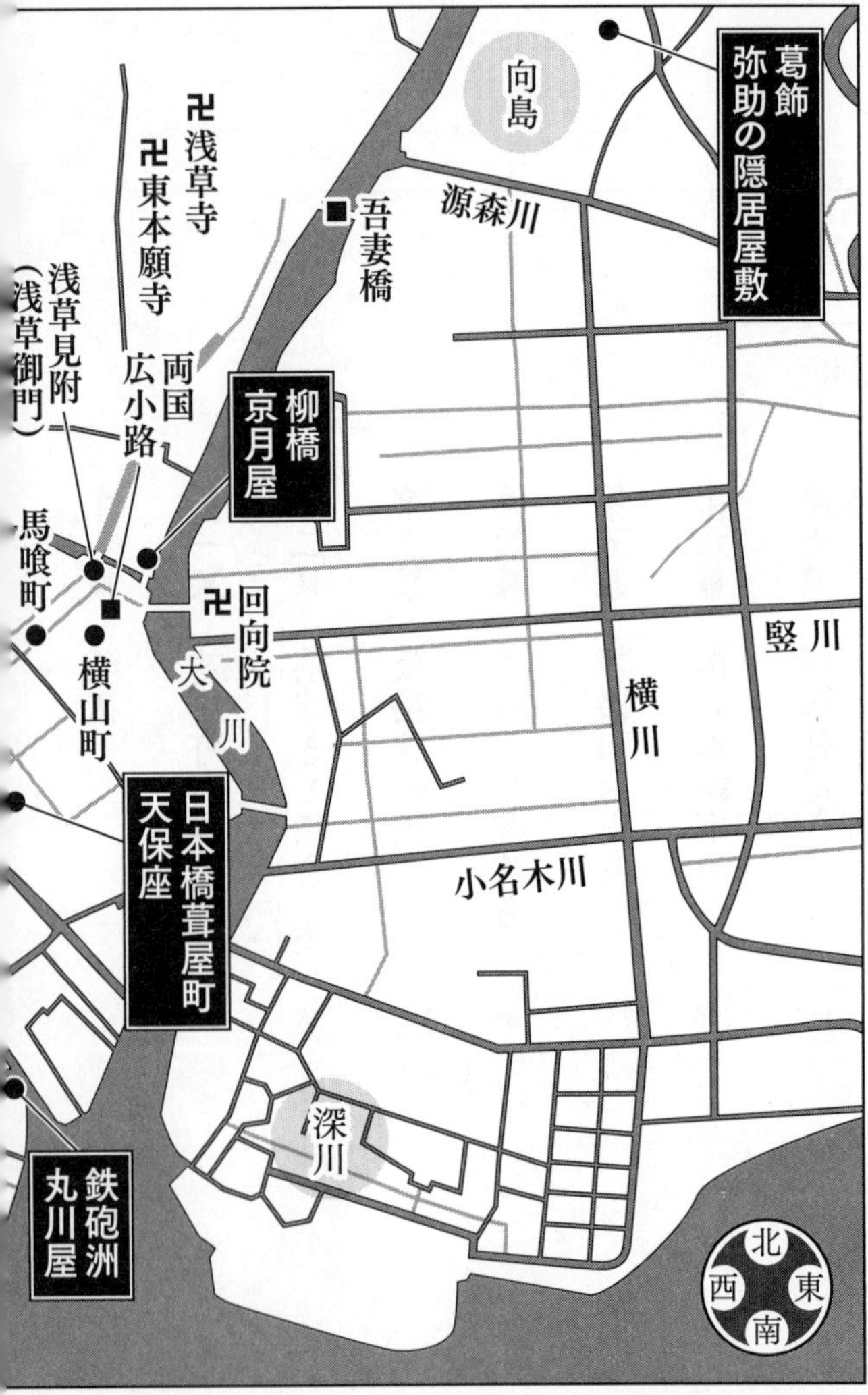

葛飾弥助の隠居屋敷
向島
源森川
卍浅草寺
卍東本願寺
吾妻橋
浅草見附（浅草御門）
両国広小路
柳橋京月屋
馬喰町
卍回向院
大川
横山町
竪川
横川
日本橋葺屋町天保座
小名木川
深川
鉄砲洲丸川屋
北
西
東
南

『瞬殺』の舞台
根津
不忍池
上野
満春寺
下谷
神田川
江戸城
北町奉行所
日本橋
京橋
山形屋
明石町
京神道陰陽神社
別院
京橋
南町奉行所
数寄屋橋
桜田楼
麻布市兵衛町
岸森家上屋敷

『瞬殺　御裏番闇裁き』主な登場人物

東山和清《ひがしやまかずきよ》……元南町奉行所隠密廻り同心。同心株を売却し『天保座』の座元兼座頭に収まるが、その裏の顔は大御所直轄『御裏番』の頭。

瀬川雪之丞《せがわゆきのじょう》……『天保座』の看板役者。七変化、女形、宙乗り、トンボ切りと自在にこなせる。元は甲賀の忍び。

羽衣家千楽《はごろもやせんらく》……『天保座』の老役者。元噺家。偽薬の辻売りに転落したが、和清に拾われる。巧みな話術で、悪人を手玉に取る。

半次郎《はんじろう》……『天保座』の大道具担当。元大工。精緻な贋作を作る名手。

松吉《まつきち》……『天保座』の小道具担当。元花火師。火薬の扱いに長《た》ける。

お芽以《めい》……『天保座』の結髪。千楽の娘。あっと言わせる秘技をもつ。

お栄《えい》…………『天保座』の隣で小料理屋『空蟬《うつせみ》』を営む。元女博徒。

なりえ…………元御庭番。極秘の出自。御裏番創設と共に、天保座に入る。

樋口大二郎《ひぐちだいじろう》……北町奉行所同心。東山和清の動きを怪しみ、ことあるごとに探ろうとするが、その実態を摑めないでいる。

筒井政憲《つついまさのり》……南町奉行。在位十六年を迎えた名奉行。大御所家斉の懐刀。

徳川家斉《とくがわいえなり》……大御所。十一代将軍。大御所として幕府転覆を企てる者たちに目を光らせ、南町奉行筒井政憲に、『御裏番』創設を密命する。

地図作成／三潮社

序幕　色仏

天保《てんぽう》八年（一八三七）。水無月《みなづき》（旧暦六月）。

縹《はなだ》色の空が、徐々に藍《あい》色に染まり変わる時分のこと。

藤森肥後守隆盛《ふじもりひごのかみたかもり》の妻お幸《こう》は、吾妻《あづま》橋下の船着き場から、塩沢紬《つむぎ》の裾《すそ》を両手で摘《つ》まみ、赤い襦袢《じゅばん》を開《はだ》けながらも、屋形船に向かって飛んだ。ちょうど船が大川《おおかわ》へと滑りだしたところであった。

「はっ」

それでもどうにか船尾へと飛び乗り、息を切らして屋形の中へと入り込むことができた。

「春慶《しゅんけい》さま、ご所望の絵図面の写しがようやく出来ました」

お幸は名護屋帯《なごやおび》の間から、折りたたんでいた半紙を取り出すなり、満面に笑みを浮かべた。

夫の書斎にあった絵図面を、お幸みずから七日もかけて書き写してきたものだ。

「これはこれはお幸さま、陽が沈んでもおなりにならないので、もう拙僧のことなどお見限りかと思い、たったいま船を出したところですよ」

障子戸を背に煙管《キセル》を咥《くわ》えた春慶の顔が半分だけ見えた。

行灯《あんどん》の加減で顔の半分は黒い影になっているのだ。

「またそのような意地の悪いことを。屋敷を出るのにいろいろと手間がかかりました。武家の嫁が暮れてから門外へ出るには、相応の言い訳が要るのですよ」

お幸は口を尖《とが》らせた。

「今宵《こよい》、御旗本は、お出かけと言っていたではございませぬか」

春慶はぷいと横を向いた。

美しすぎる頭の形が、障子戸の影絵となった。

拗《す》ねた様子もまた春慶は絵になる。

夫は二千石の旗本で、お城では作事奉行を務めているが、今宵は久しぶりに江戸に戻った駿府《すんぷ》城代《じょうだい》配下の与力《よりき》石井《いしい》敏明《としあき》との宴席で、そのまま吉原《よしわら》泊りになると聞かされていた。

「それでも家臣の目があります。奥女中に小判を一枚与え、こっそり裏門から抜け出てきたのでございますよ」

お幸は涙目で訴えた。

それでもここには半刻《はんとき》（約一時間）ほどしかいられないのだ。早々に春慶に抱かれたい。

「まずは、絵図面を拝見できますか」

春慶が行灯を寄せて手を差し出してきた。白く美しい手である。

「はい。寸分たがわず、写してまいりました」

お幸は半紙を差し出した。春慶の役に立つことならば、何でもして上げたい。

「ほう。なるほどこれはわかりやすい」

春慶がしげしげと絵図を眺めている。

なぜ、この絵図を欲しているのかは、うすうす見当はつく。この絵図を見たがる坊主などそうそういまい。

なにかだいそれた企《たくら》みがあるのだ。

それを春慶自身が企てようとしていることなのか、裏に大がかりな一味が存在するのかは、わからない。

いや、そんなことはわからずともいいのだ。

どのみちこの絵図面が春慶に渡ってしまったことで、当家の破滅は目に見えている。

それでも、春慶から嫌われたくはないのだ。

「春慶さま、お幸は半刻しかおれませぬ。帯を解《ほど》いている暇《ひま》はないのです」

みずから膝《ひざ》を崩《くず》し、着物と襦袢の裾を分けた。

行灯の灯《あか》りに、白足袋《たび》の上の脛《はぎ》が輝いた。

「半刻あれば、充分でございますよ」

春慶が絵図面を折り畳《たた》み、巾着《きんちゃく》にしまい込み、黒羽織の紐《ひも》を解いた。

いよいよ情を交わすときが来たと、お幸は疼《うず》いた。

「さぁ、こちらへ」

と手招きされ、いつものように春慶の胸に背中を預けた。

春慶の両手に包まれ、後ろ抱きにされる。

至福のときである。

「身八口《みやつくち》からお手を差し入れてくださいな」

顔を半分だけ振り向き、甘えた。すでに身体《からだ》は火照《ほて》り、胸のふくらみも疼いているが、着物の襟《えり》は崩したくないのだ。

「その前に、これを一服」

煙管の吸い口を、唇の前に出された。三月《みつき》ほど前から、逢瀬《おうせ》のたびに吸わされる煙草だが、いつの間にか、これを吸うのも春慶と会う楽しみになっていた。

ときおり、この煙草を吸いたくて、吸いたくてしようがなくなり、手の甲を嚙《か》んで、耐える日さえあるほどだ。

「これは、どこの葉ですか」

と目を閉じて思い切り吸い込んだ。以前より煙が強く感じられたが、身体が浮くような心地よさが総身《そうしん》に回った。

「長崎《ながさき》物だと聞いていますが、拙僧もよくは知りません」

そう言いながら春慶の手が身八口から忍びこんできた。指先が紅《あか》い頂きに向かって進んでくる。

その紅い一点が疼いた。

――来るっ。

そう思った寸前で指が止められた。

「あっ」

尻が勝手に動き、両脚が開いた。

「もう一服なされい」

あたらしい煙管を差し出される。

「はい」

目を細めながら、金具に吸い付いた。

眩暈《めまい》を覚えたのだが、一方で身体が蕩《とろ》けるような心地よさに包まれた。春慶の胸から背中が少しずつ、滑り落ちていくようだ。

ふと煙草盆をみると、煙管が十本も並んでいた。

「これをすべて、吸わせる気ですか」

春慶の腕に両手を絡めながら聞いた。

「そうすると、拙僧の指がさらに気持ちよくなりますよ。本手となれば、もう腰が抜けまする。そうなれば、拙僧ももはや、お幸さまから離れられなくなります」

それならば、すべて吸いたいものだ。

屋敷に戻ることも、徐々にどうでもよくなってきた。

夫が遊女を買っているのであれば、妻が坊主買いをしていてもよいではないか。

　お幸は、煙管を二本、三本と立て続けに吸った。

　ぐるぐると目が回ってくる。しまいには、春慶の顔が霞《かすみ》に隠れていくように見えた。

「早く極楽へ……連れて行ってくださいまし」

　春慶にしがみつく。

「さようで」

　すっと赤い糸が首に巻き付いてきた。

「極楽でも一緒にいましょうぞ」

　そういう春慶の顔が見えなかった。

「なんと嬉しいことを……」

　春慶の唇に吸い付こうとした刹那《せつな》、首がきゅっと絞まった。息が詰まる。足が勝手にバタバタと揺れた。

　すっと春慶の顔が消えた。

　けれども耳だけは、まだ聞こえていた。

　遠くで三味線《しゃみせん》、太鼓《たいこ》、鉦《かね》の音曲が鳴っている。

「えーっ、『天保座』、日本橋《にほんばし》は葺屋町《ふきやちょう》の天保座でございっ。来《きた》る出し物は『晴れ姿三人男』。梅雨《つゆ》の鬱陶《うつとう》しさも吹っ飛ぶ瀬川雪之丞《せがわゆきのじょう》の痛快早変わりでございます。明六つ（午前六時）からの始まり、皆の衆、奮ってご来座くだされぇ」

続いてどんどんどんと大きな太鼓の音。

小芝居座が、何艘《そう》かの猪牙舟《ちょきぶね》を仕立てて、芝居のふれこみをして回っているのだ。

いつもは、ちんどんとうるさい舟だと腹をたてていたが、今宵はなぜか耳に心地よい。

「さぁさぁ極楽へ」

さらに首がきゅっと絞まり、ちんどんの音もすっと耳から消えた。

誰かが瞼《まぶた》を閉じてくれたのだけはわかった。

「ねっ、極楽まで半刻もかからなかったでしょう」

春慶は紅い紐を手首にくるくる巻いて、舳先《へさき》に向かって叫んだ。

「この奥方は用済みだ。始末を頼みますよ」

「おうっ」

と数人の浪人が、屋形の中に踏み込んできて、頭陀袋《ずだぶくろ》にお幸を詰めはじめた。

春慶は舳先へ出て、欠伸《あくび》をしながら御城のほうを眺めた。

この絵図面があの方たちに渡ると、いまにとんでもないことが起こるのだろう。

お江戸中がひっくり返ることになるやもしれない。

徳川《とくがわ》の世もそろそろ幕を引く頃合いであろう。

まぁ、よい。

まずはこの機におのれは、出仕《しゅっし》できればいい。そしていつか、あの御城の中に入って見せる。

それにしても、あと何人の女たちを破滅させたらよいのやら、だ。

春慶はもう一度、大きな欠伸をしながら、藍色の空を見上げた。行く手を祝うように、満天の星が輝いている。

さながら悪の華が咲き誇っているようであった。

その目の前を猪牙舟が三艘、ちんちん、どんひゃらとやかましい音を立てながら、横切って行った。

やかましい奴《やつ》らだ。

春慶は、踵《きびす》を返して屋形に戻った。
水無月の梅雨も、ようやく終わりに入ったようだ。

第一幕　芝居町の御裏番

一

暦のうえでは初秋にあたる文月《ふづき》（旧暦七月）の半ばだが、現実はまだまだ夏の盛りのような陽気だ。

ほんの少し前、葺屋町の空を驟《しゅう》雨が見舞った。

日照り続きだったので通り雨ならありがたい。土埃《つちぼこり》が舞っていた通りがしっとりとなった。

青空が戻ると、軒先で額《ひたい》を拭《ぬぐ》い、着物の裾を払った人々が、笑顔を浮かべて一斉に歩き始めた。

まるで、止まっていた芝居が再び動きだしたような光景だ。

――こいつを舞台に取り込んだら、受けるぜ。

と、団子屋の縁台で雨宿りしていた東山和清《ひがしやまかずきよ》は、思わず膝を叩いた。

頭にあるのはいつも芝居のことばかりだ。筋書き、振付け、セリフの指導……考え出したら止まらない。

――たとえば舞台の上の役者の動作を一瞬だけ止めてしまうのだ。

それも、その直前の仕草をしたままだ。

そして雨の音だけを流す。

役者が身じろぎもせず止まったままの芝居は、一幅《いっぷく》の絵のように見えるはずだ。

見物客は一瞬何が起こったか、と目を奪われ、息を呑む。

――こいつはいいぜ。

そのまま間《ま》をとる。

大向こうが一発、二発とかかり、そいつが山鳴りのようになったあたりで、満を持して芝居を再開させるのだ。

團十郎《だんじゆうろう》の睨《にら》みは、ひとりきりの芝居だが、こっちは大勢の役者が揃って大見《おおみ》得《え》を切ってやる。

外連味《けれんみ》たっぷりではないか。

客が唸《うな》る様子が目に浮かんだ。

和清は胸を弾《はず》ませ、芝居町の喧騒《けんそう》の中に飛び出していった。勢いがよすぎて、町人髷《まげ》がひっくり返っている。

芝居のことを思案しているときが一番の幸せというものだ。

とはいえ和清が率いる一座は、見物客に見せる芝居だけを演じているわけではない。実は誰にも見せられない裏演目を、こっそり演じることこそ本業なのだ。

この世の悪を成敗《せいばい》する御裏番だ。

それが和清の正体であった。


今宵も表ではなく裏の演目が待っていた。

和清は先を急いだ。

人形町《にんぎようちよう》通りはとんでもない混みようだ。

真夏の芝居町は、もともと景気がよいのだが、今年は輪をかけての賑《にぎ》わいときている。

卯月《うづき》（四月）に、五十年ぶりの御代替わりがあったことによる奉祝景気だ。

勢い芝居町にどっと人が押し寄せているのだ。

それにかこつけて、強請《ゆす》りたかりの悪さをする輩《やから》もやたら増えている。目付や町方の風紀紊乱《びんらん》に対する取り締まりが、この時ばかりは緩くなっているからだ。

中でも、御代替わりの奉祝気分に反発する旗本奴《やつこ》の一派が、町人相手に辻斬りや強淫《ごういん》を繰り返している様子は目に余るものがあった。

これは成敗するしかないと和清は密《ひそ》かに南町奉行、筒井政憲《つついまさのり》に闇裁きの願いを上げていたのだが、今朝ほどその許しを得たばかりだ。

すでに仕掛けは整っているので、自然と足は速くなる。

御同業の『玉川座《たまがわ》』の前までやってくると威勢《いせい》のよい声が聞こえてくる。

「そこの粋《いき》な姐《ねえ》さん、どうだい山神菊之助《やまがみきくのすけ》の錦絵だ。一枚八十文（約二千円）にまけとくよ」

縁台に役者絵や滑稽本《こっけいぼん》を並べていた絵売りが、声を張り上げていた。

「ちょいと兄さん、菊之助なんかより、瀬川雪之丞はないのかい」

絵売りの前で止まった年増《としま》の芸者が、腰に手を当てて言い返している。よく見ると両国《りょうごく》の夢吉《ゆめきち》だった。

昔から役者と芸者は親戚《しんせき》のようなもので、小芝居座に金主《きんしゅ》の斡旋《あっせん》などもしてくれる夢吉などは、それはそれはありがたい芸者だ。

「姐さん、無理言ってもらっちゃ困るよ。ここは玉川座の前でぇ。いくらなんでも天保座の役者の絵は売れねぇよ」

絵売りが小屋の木戸番のほうを振り返りながら口を尖らせた。

「なんだい、けち臭いね。ここは芝居町なんだろ。町全体のことを考えたらどうなのよ。両国《りょうごく》芸者は柳橋《やなぎばし》の芸者のことも褒《ほ》めるっていうのにね。まったく料簡の狭い絵売りだよ」

夢吉が啖呵《たんか》を切っている。

「いやいや、うちの前でも玉川さんところの役者絵を売っていないから、おあいこでござんすよ」

いきなり声をかけてやる。

「あら天保座の旦那《だんな》っ」

振り向いた夢吉が目を丸くした。顎《あご》の黒子《ほくろ》が婀娜《あだ》っぽい。

「それに雪之丞の錦絵なんて、売れないよ」

声をかけたのが和清と知ると、玉川座の木戸番や呼び込みの若衆たちが一斉に頭を下げた。絵売りも会釈した。

「雪之丞の絵なら、私が五十枚ぐらい買って、大店《おおだな》の旦那衆に売り捌《さば》いて見せますよ。それより東山の旦那、今頃は舞台じゃないのかい。これから見物に行こうと思っていたところだよ」

夢吉が左褄《ひだりづま》を取ったまま、色目を使ってきた。

「いやさ、夏風邪《かぜ》をひいちまいましてね。いま頓服《とんぷく》を買いに行ってきたところだよ」

げほげほと咳《せき》をして見せる。

その場しのぎの咄嗟《とっさ》の小芝居だ。

「それはお気をつけなさって。なら、今日は休座かい」

「そうさ。いちおうあっしが座頭《ざがしら》も務めているので、こんな声じゃ閉めるしかないんでね。夢吉さん、すまないな。今日のところは『市村座《いちむら》』で立派な芝居でも見物しておくれよ。なあに、あっしが声をかけたら、木戸銭無用で入れます」

和清は、彼方《かなた》に見える市村座の本櫓《ほんやぐら》を指差した。

「いいのよ。そんなことまでしてくれなくとも」

「気にすることたぁねえですよ。小屋の格は、月とすっぽんだけど同業のよしみで土間席ぐらいなら、あっしの顔でなんとでもなる」

和清は伝えた。

「市村座は世話物でしょう。わたしゃ、和事《わごと》は苦手でね。観《み》るなら切った張ったの荒事《あらごと》と決めている。芝居見物はまたにするわよ。他にもいろいろ楽しみはあるしね」

と夢吉は、空を見上げて笑った。青空を筋雲が悠々と流れている。

「なら、三日後にでも天保座《うち》に来ておくれなせぇ。とびっきりの剣劇をご覧に入れますよ。もちろん姐さんは木戸銭無用でござんすよ」

和清、にやりと笑って見せる。

「そいつぁ、嬉しいねぇ。いい人でも連れて行くよ」

おそらくまた金主になってくれそうな旦那衆を連れて来てくれるに違いない。

和清は、笑顔と共に踵を返して、人形町通りを先に進んだ。

「あれが、芝居好きが高じて士分を捨てた、南町《みなみまち》の阿呆《あほう》らしいぜ」

「おうおう、すっかり町人言葉が板についちまって。気色《きしょく》が悪い男だぜ」

背中のほうからそんな声が聞こえてくる。

振り返らずとも想像はつく。定町廻りの同心だろう。

文月は北町《きたまち》が当番だ。

南町の元同僚たちにさえ似たようなことを言われているのだから、競争相手の北町となるとより辛辣《しんらつ》に罵《ののし》られてもやむを得ない。

和清は聞こえぬふりをして、前だけを向いて歩いた。

界隈《かいわい》の物売り屋からいい匂いが漂ってくる。

団子、汁粉、甘酒、煎餅《せんべい》、稲荷《いなり》寿司の匂いがいっしょくたになって鼻孔《びこう》をついてくる。

甘い、しょっぱい、酸っぱい、辛い。

それこそが、芝居町の匂いだった。

なにも大芝居の見物にあがらずとも、楽しみに事欠かないのがまた芝居町の醍醐味だ。

通りを行き来し、大道芸の連中や辻落語を冷やかしているだけでも、充分に堪能できる。どうしても腹が減ったら、屋台のかけ蕎麦《そば》を食うことだ。かけ蕎麦一杯十六文（約四百円）。

それで半日はうろうろして楽しめる。

かくいう和清も、かつてはそんな貧乏同心のひとりであった。

それがいまは隠れ蓑《みの》とはいえ天保座の座元だ。人の行く手には、どんなことが起きるかわからないとはこのことだ。

独り身であったことが幸いしたが、それにはそれなりの訳がある。

まぁいい。

いまは表の芝居の筋書き作りと、裏芝居の役になり切る日々に没頭しているだけで楽しい。

ちょうど市村座と『中村座《なかむらざ》』が並ぶあたりへと進んできた。

両座の前は掏摸《すり》が涎《よだれ》を垂らして喜びそうな人出で、和清は通り過ぎるのにも手間どった。

大芝居の両座から十丈（約三十メートル）ほど離れた元火除《ひよ》け地に、天保座は建っていた。

三年前、和清が買い取ったときには、まだ竹の柱に筵《むしろ》を被《かぶ》せただけの粗末な小屋だったが、いまはだいぶ造作《ぞうさく》が違う。

筵掛けなのは見た目だけだ。

その天保座の手前に小料理屋『空蟬《うつせみ》』があった。

市村座や中村座の専属である大茶屋とは比べようもないが、三十人ほどの客が座れる茶屋で、茶や団子だけではなく、煮物や焼き物まであり居見世《いみせ》のような形態の茶屋である。

幕間《まくあい》用の弁当も毎日百個ほど作っており、朝のうちに頼んでおけば、昼と夕方に天保座に出方《でかた》として届けに行く。

「座元、遅いですよ。奴らはとっくに来てますよ。もう呑んだくれて、大店《おおだな》の娘さんに、ちょっかいだし始めていますよ」

店の前に立っていたのは女将《おかみ》のお栄《えい》で口を尖らせていた。

渋皮の剝《む》けた良い女だ。

お栄は元女博徒《ばくと》だ。

出会いは、和清がまだ同心だった五年前の頃にさかのぼる。

和清にとっても、あれは忘れようのない日だ。

十五のときからの許嫁《いいなずけ》であるお蝶《ちょう》と、川遊びに出ようとしていた日のことだったから鮮明に覚えている。

お蝶は同じ組屋敷に住む同心、小島直弼《こじまなおすけ》の娘で、子供の頃から兄妹のようにして過ごしてきていた仲だった。父君直弼は和清の亡父と昵懇《じっこん》で、その縁あってふたりは結ばれようとしていたのだ。お蝶は二歳下である。

当日は、いずれ義父となる直弼ともども、日暮れ時から、両国から屋形船で川遊びをすることになっていた。

仕立て船ではなく乗合船であったが、いっこうに祝言の日取りを決めようとしない和清への直弼なりの配慮であったはずだ。

照れくさくて言い出せなかっただけだ。

もしも実父が存命であれば、両家の間で早々に婚儀が進められていたのだろうが、なにぶん、十八で父に先立たれ、家督を継いだ和清は、独り身で、誰に相談することもできずにいた。あれは業を煮やした直弼が、娘をなんとかしろと、談判するための川遊びの段取りだったに違いない。

和清は、いまでもそう思っている。

暮れ六つ（午後六時）の船出に合わせようと、両国橋の袂《たもと》に向かい急ぎ足で歩いているときだった。

馬喰町《ばくろちょう》の祥善寺《しょうぜんじ》から、いきなり飛び出してきた女にぶつかり、和清は山と積まれた用水桶に突き飛ばされた。しとどに水を被った。黒羽織が台無しだ。

つづいて十人ほどの俠客《きょうかく》が匕首《あいくち》を持って出てきた。

『女、てめえ、壺《つぼ》振りを誑《たぶら》かしやがったな』

極悪な顔をした俠客が、女に襲い掛かった。

『負けたからって、賭場《とば》荒らしと決めつけるなんて、「雷風《らいふう》一家」も落ちたもんだわね』

女も胸襟を開き、晒《さら》しの間から匕首を抜いている。

その周りを、ぐるりと雷風一家の極道たちが囲んだ。

女に勝ち目はない。

『まて、まて。往来で女ひとりを囲むとは、何ごとだ』

和清は、額の水を手の甲で拭いながら、朱房の十手《じって》を取り出した。

『うるせいよっ。同心風情がゴタクを並べてんじゃねぇ。こちとら、北にも南にもきっちり上納金を払っているんだ。すっこんでいろ』

頭目が吠《ほ》えた。

和清《すた》としても、かまっている暇《ひま》はなかったが、そう言われて、見過ごすのは男が廃る。

『この女がどうした』

立ち上がり、十手ではなく太刀《たち》の柄《つか》に手をかけた。

『あたしゃね。有り金をすべて半に賭けたんだよ。負けたら岡場所に落ちるつもりでね。半と出ただけじゃないか』

女も女でいきなり、匕首を握って頭目に目がけて突進した。

『うわっ』

頭目の頬がざっくり切れる。

『死にやがれ』

今度は、背後から別な男が、女に飛び掛かる。女はすっと身を屈《かが》め、男を躱《かわ》した。その背中を下駄で踏みつける。武芸の心得があるようだ。

雷風一家は、動きを止めた。じりじりと輪を詰めようとしている。

すると浅草橋《あさくさばし》のほうから、捩《ねじ》り鉢巻きに『元禄《げんろく》一家』の揃いの半纏《はんてん》を着た男たちが駆けてきた。

『お栄。金を全部こっちに寄こせ。抜け駆けはさせねぇぜ』

その先頭の男が言う。

『ちっ。さんざん人をこき使いやがって、あたしゃ、もう極道の下で博打《ばくち》をやるのはたくさんだよ』

この女、八百長を見破り、裏を掻《か》く、当世流行《はや》りの見抜き博徒だ。

『女、てめぇ、やっぱり見抜き博徒だったな』

『あんな石ころの入った賽子《さいころ》は、誰でも見抜くさ。この八百長野郎どもが』

お栄はさっと、輪を飛び出し、和清の背中に隠れた。

『同心様、あたしが証言しますよ。どっちの一家も闇賭場を開いています。お縄にしてください』

そう言われると、縄を打たないわけにはいかなくなる。

『くそが。この同心ごとやっちまえ』

まずは雷風一家が襲い掛かってきた。

『ちっ』

和清は鯉口《こいぐち》を切り、太刀を抜いた。

柴影流《しばかげりゅう》『半円殺法《はんえんさっぽう》』を体得している。刃先を突き出さず、剣を上半円と下半円を交互に回すこの殺法は、胸元ががら空きに見える。

それを隙と見た敵が飛び込んできた瞬間に振り下ろすか、跳ね上げるかのどちらかで、斬り倒すのだ。

刃先を地面に向けた剣が、夕陽を受けて揺曳《ようえい》した。

和清は眼《まなこ》を瞑《つむ》り、徐々に刃先を上げていく。これが月夜ならば、半月殺法となり、催眠効果も生む。

左と右から同時に、俠客が突っ込んでくる気配を感じた。

『遅い！』

和清の剣が半円を描き、男たちの帯を切り刻む。

『うわっ』

ふたりの帯が腹の下で真っ二つに切れ、褌《ふんどし》が丸見えになった。

次々に襲い掛かられたが、和清の半円殺法に、敵はおびき寄せられては、浅く斬られた。

相手は多いが、所詮はヤクザだ。剣術は知らない。無手勝流《むてかつ》に匕首を振り回してくる男たちに、和清は浅手を負わせた。

深く抉《えぐ》らなかったのは、剣を大事に思ってのことである。血にまみれた剣は鞘《さや》に納まらなくなる。

雷風一家のほとんどを斬った。

『お栄、覚えていろよ。そう簡単に足抜けできるもんじゃねぇ』

元禄一家は捨て台詞《ぜりふ》を吐いて、引き返していった。

四半刻《しはんとき》（約三十分）かかってしまった。

『女、後は己《おのれ》で片を付けろ』

いずれお栄も、堅気《かたぎ》ではない。これ以上、嘴《くちばし》を挟む気はなかった。

駆け足で、両国橋に向かった。

乗るはずだった屋形船『夜桜丸《よざくらまる》』は、とうに出ていた。朝、小島家の前で、心なしか浮かれ顔で洗濯物を干していたお蝶の顔が目に浮かぶ。

小島直弼はさぞかし渋い顔をしていることであろう。

和清は、呆然と大川を眺めるばかりであった。

大川には大小さまざまな船が浮かんでいた。夜桜丸が戻ってくるまで、待つしかなかった。

だがその夜夜桜丸が両国橋に戻ってくることはなかった。

向島《むこうじま》の川岸まで進み、引き返しの吾妻橋《あづまばし》界隈で、船が炎上したという。船内に天ぷら用の菜種油が持ち込まれており、これに客の煙草が引火したらしいということだ。

総勢三十名の客が川に投げ出されたが、行き交う屋形船や猪牙舟に跳ね飛ばされ、泳ぐこともままならず溺死したという。

約半数の屍骸《むくろ》は上がったが、お蝶も直弼も見つからなかった。大海原へと流されてしまったのかもしれない。

和清の祝言は幻に終わったのだ。

いまも和清が新作の触れ歩きと称して、夜の大川に船を出しているのは、ふたりの供養のためである。

夜桜丸沈没の数日後、奉行所の前の茶屋に、お栄がいた。

同心仲間が、許嫁を失った和清の噂をしているのを聞きつけ、待ち続けていたのだという。

お栄が悪いわけではない。

ただ、お栄は、女博徒から足を洗い、和清の力になりたいと言う。女としてではなく、探索の助けをしたいと。

博徒になる前は、女剣劇の役者だったので、立ち回りも得意だという。

これっきり賭場には顔を出さぬということで、元禄一家とも手打ちをしたそうだ。

以来、お栄は和清の耳となり目となった。

和清が天保座の座主に収まると同時に、隣接する小料理屋の女将に収まった。

和清が裏同心と知っての正式な仲間入りだった。

天保座一座の女将役も買って出てくれている。もちろん女房気取りになることなど一切ない。

「そうかい。それじゃあ、さっそく裏芝居にとりかかろうかね。たったいま南町の筒井様から『女湯夢極楽《おんなのゆゆめのごくらく》』の上演許可をいただいてきたところだ」

お栄に符牒《ふちょう》で伝えた。

「では、幕開けですね」

とお栄が、傍らの縁台に置いてあった拍子木をとり、三度打った。

ぱちん、ぱちん、ぱちん。

すると一軒先の天保座の前に立っていた木戸番の男衆が、一斉に小屋の中へと消えていった。

ちょうど八つ半（午後三時）を知らせる鐘が、町内に響き渡った。

二

和清は、お栄に続き、紺染めの暖簾《のれん》を分けて店内へと入った。

野菜の煮物と卵焼きのいい匂いが漂ってきた。

店は混み合っていた。

六人が腰かけられる縁台が三列あり、その奥に小上がりがあるという店の造りだ。縁台にも小上がりにも緋毛氈《ひもうせん》を敷き華やかさを出していた。

客は、役者絵を片手にはしゃぐ町娘、大茶屋の席が取れなかったと、不満たらたらかまぼこを突《つつ》く年増の女房連、昼前に仕事を終えてしまった大工など様々だ。

一列目の縁台の端に若い僧がふたりいた。

草団子を齧《かじ》りながら通りを眺めているが、奇妙な色気を放っていた。

――気になる坊主だ。

「座元、あそこですよ」

お栄が顎をしゃくった。

小上がりの最奥に侍が五人いた。

緋毛氈の上にすでに六合徳利が何本も転がっており、酒の匂いがそこにだけ濃く溜《た》まっているようだった。

「なぁ、お糸《いと》とやら、我らと中村座へ見物に行こうじゃないか。早着替えと評判の芝居だ。なぁいいだろう」

狐目《きつねめ》の派手な金糸《きんし》の羽織を着た侍が、町娘に言い寄っている。

いる無頼者《ぶらい》だ。

竹之内星三郎《たけのうちせいざぶろう》だ。

八百五十石の中堅旗本家の三男坊で、新旗本奴『星流連《せいりゅうれん》』の頭目を気取って
「申し訳ありませんが、私はもう帰らねば父に叱《しか》られるのです。芝居町には縁起物の『十二代饅頭《まんじゅう》』と『大御所最中《おおごしょもなか》』を買いに来たまでのことです」

そう言うお糸のほうは二十歳《はたち》ほどに見える。

銀鼠《ぎんねず》の江戸小紋を着ているところを見ると、それはそれはたいそうな商家の娘ではないだろうか。

それにしても芝居町のあやかり商法は逞《たくま》しい。

十二代饅頭も大御所最中も、菓子屋が勝手にそう名付けているだけだ。幕府もそれを取り締まるほど野暮《やぼ》でもなかった。

「御代替わり、御代替わり、とうるさいわい。わしらは旗本の次男や三男、家督を継げぬ身にとっては腹が立つばかりだ」

嫡男以外は養子に出るほかは、家を立てることが出来ないのが武家の決まりである。

そもそも次男坊以下は無役であり、親や兄から小遣いをもらう生活だ。それで

もまだ親の代なら長男に事あれば代わって立つ身として温存されるが、長男が家督を継ぐと厄介叔父《やっかいおじ》とされる。

そうなる前に、しかるべき家に養子に入らなければ、よりみじめな老後となる。

とはいえ、そうそう都合のよい養子先が見つかるわけでもない。

つまるところ不貞腐《ふてくさ》れて役者や博徒に身を落とすものも多かった。

その前段として、だいたいが傾《かぶ》いた旗本奴となるのである。

「お武家さま、何卒《なにとぞ》ご勘弁を。私らはもう本当に帰らねばならないのです」

小袖《こそで》の女中が娘に代わって、頭を何度も下げていた。

「うるさい。おまえごときに聞いているのではない。わしは、お糸に聞いているのじゃ」

侍が口を尖らせ、六合徳利から酒を注《つ》いでいる。相当酔っているようだ。

お糸と呼ばれた娘は、俯《うつむ》いて頬を紅くするばかりだ。

「やいっ、どうなんだ。星三郎がこれほど言っているのに、そちは一緒に中村座へ行くのはいやだと抜かすか」

星三郎の隣にいた侍が片膝を立てた。

片山直次郎《かたやまなおじろう》。

同じく中堅旗本の次男坊だ。星流連の副長と称している。

さすがに脇差《わきざし》は畳の上に置いてはいるものの、すぐにも柄《つか》に手をかけそうな勢いだ。

新旗本奴とは、徳川幕府草創期に、町奴を相手に暴れまわった旗本奴の再来を標榜《ひょうぼう》する連中である。主に一千石級以下の中堅旗本の次男、三男らが徒党を組んでいる。


とはいえ百八十年前に名を馳《は》せた旗本奴は戦国の遺風を纏《まと》い、能吏と化すことを求める幕府に、遺恨を持った者たちの集団であった。

それなりの大義があったということだ。

対して、いまどきの新旗本奴には、その大義がない。

傾いた装束で悪所を練り歩き、地元の町奴と縄張り争いを起こすばかりだ。

いまも双方は熾烈《しれつ》な争いを続けている。

奴同士の喧嘩なので、和清も見過ごしていたのだが、瓦版屋たちが『天保の世に甦《よみがえ》る新旗本奴』などと囃《はや》し立てたものだから、奴らも急に図に乗りだした。

近頃では、裕福そうな町人に因縁をつけ、たかり、時には斬りつけるなど目に余る悪行が増えた。

星流連はもともと両国が根城であったが、近頃はこの葺屋町にも足を延ばしてくるようになった。

小料理屋や土産物《みやげ》屋の前で町人に難癖をつけ、金品を巻き上げたり、町娘を容赦なく手籠めに掛けるなどの狼藉《ろうぜき》は、芝居町の品格を落とし、ひいては頽廃《たいはい》に繋《つな》がる。

さりとて、目付がすぐに動く気配もなかった。

城内ではいま御代替わりにともなう人事が忙しく、目付たちも気が気でない日々で、出処進退ばかりが気になり、旗本の子息の無頼などに構っていられないという。

まったくもって情けない。

堪忍袋の緒が切れた和清が、南町奉行に闇裁きを願い出たのだが、そのときお奉行がはたと考え込んでしまったのを覚えている。

先の将軍徳川家斉《いえなり》公の懐刀《ふところがたな》と呼ばれる筒井政憲である。

『御裏番っていうのはよぉ、もうちょっと天下のために働くように組織されたんだぜ。町場の喧嘩に御裏番が動くのはどうかねぇ。裏同心の頃はよぉ、俺の気持ちひとつだったが、いまはなんていっても、西の丸まで出向いて、裁可を得なければならないんだ』

煮え切らない態度だった。

『奉行、天保座一座は、常に命《めい》が下りたら、命を投げ出す覚悟で闇裁きに精をだしているんですよ。その一座の周りでこうもしょっちゅうゴタゴタが起きたら、小屋の運営にもいずれ差し障りがあります。なにとぞ、西の丸へのお取次ぎを』

と粘りに粘った末に、十五日も待たされて、ようやく裁可を得たわけだ。

それが四半刻前のことだ。

『御裏番』とは、本丸の『御庭番』に対抗して、西の丸の大御所が筒井に命じて、卯月に創設させたばかりである。

それまで和清はじめ、天保座の面々は南町奉行、筒井政憲の私的な『裏同心』であったのだ。

「いえ、そう言うわけでは」

お糸が顔を上げ、困ったふうに首を振った。若い僧たちに助けを求めるような視線を向けている。

　とはいえ僧たちが侍に、何か物申すわけがない。ふたりは窓の外に顔を向けたままだ。

「それがしは、女中、おまえが気に入った。名は何と申す」

　片膝を立てた侍が聞いている。吐く息が酒臭いらしく、女中は顔を顰《しか》めた。

「多江《たえ》と申します。私は『丸川屋《まるかわや》』の奉公人です。何卒ご勘弁を」

　丸顔で紅い頬をした多江は、肩を震わせている。丸川屋は鉄砲洲《てっぽうず》に店を構える廻船問屋だ。

「ほう丸川屋とは御用船も扱うたいそうな店だな。だが、その看板を出したら俺たちが怯《ひる》むとでも思っておるのか。のう星三郎よ」

「いかに大店の娘であろうとわれら旗本には通じぬぞ。当家は借金もないし、父は勘定方じゃ。怖いわけがない。なんなら丸川屋は抜け荷の片棒を担いでいると難癖でもつけさせようか。しかし、直次郎、おぬしは田舎《いなか》娘が好きじゃな」

　星三郎が、お糸の膝を撫《な》でながら、酒臭い息の侍を揶揄《からか》った。お糸は身を退《ひ》いて逃れようとした。

　このとき、窓の外を眺めていた若い僧のひとりが振り返り、侍たちの方を向いた。あまりに堂々とした無頼ぶりに、呆《あき》れたように口を開けていた。

「そんな噂を立てられただけでも困ります。どうかご容赦を」

お糸の顔色が明らかに変わった。

「なら、一緒に中村座に行こうじゃないか」

星三郎は右手を正座しているお糸の尻へと回す。

一方直次郎は、女中の肩に手を回し、

「多江、おまえは、星三郎たちが芝居見物をしている間に、わしらと裏茶屋へ付き合え」

と、ぐいと引き寄せている。

裏茶屋とは文字通り、芝居小屋の裏にある茶屋で、本来、役者と密会するためにある場所だが、単に貸席として使うものもいる。

「そんな、お許しください」

直次郎の胸の中へ抱き寄せられた多江は、抗《あらが》うことも憚《はばか》られるため、懸命に顔を引きつらせ周囲に助けを求めるばかりだ。

他の三人の侍たちは、星三郎と直次郎をにやにやと眺め、互いに徳利を傾け合っていた。いずれ、この侍たちも順に多江を弄《もてあそ》ぶのだろう。

それとも一斉に乗りかかるのか。

どうにもいけ好かない連中だ。

和清の胸中から一切の同情が消えた。

ここでお栄が口火を切った。

「お侍さん方、いまからでしたら天保座はいかがですか」

元は壺振りだけあって、張りがあり、よく伸びる声だった。

「天保座とは片腹痛いわい。わしらは、そんな小芝居座に用はない。旅芸人の田舎芝居など観《み》るものか。このところ此処《ここ》に寄っているのは、中村座の茶屋では顔見知りが多すぎて、うんざりしているからだ。そもそもわしらは、大茶屋の客なのだ」

星三郎がお糸の尻に手を当てたまま、お栄を睨みつけた。

いやいやそうではあるまいに。

和清は胸底でせせら笑った。

本櫓の座付き大茶屋となれば、大名家の家老をはじめ三千石級の大身旗本やその奥方が、大勢出入りしているので、部屋住みの三男では小さくなっているしかないからだ。時には、目付も見物に来ているので、悪さもできかねるというわけだ。

「女将、邪魔だてするな。わしらは土間に座って田舎芝居など観るつもりはない。それより裏茶屋だ」

直次郎も多江の腕を取り、立ち上がろうとした。

「ちょいと、お侍さん……」

とお栄は、一番端に座っていた相撲取りのような巨漢の耳元に唇を近づけ囁《ささや》いた。

「……今日に限っては天保座が裏茶屋みたいなものですよ。座頭が風邪をひいて急に休座にしたのですが、役者目当てに来た娘たちをそのまま帰すわけにもいかず、酒と肴《さかな》でもてなしておりますが、まぁ今日日《きょうび》の娘たちは、結構な呑んだくれで。お侍さん、楽しめますよ」

巨漢の侍は目を輝かせ、立ち上がりかけている星三郎に、慌てて耳打ちした。

「女将、それはまことか」

星三郎の目に好色の色が浮かぶ。

「はい。そのまま、お侍さん方の貸し切りにしたら、どうでしょう」

お栄は嫣然《えんぜん》と微笑《ほほえ》んだ。

「わしらは、小芝居屋に木戸銭など払う気は毛頭ないが」

星三郎が、高飛車に出てきた。

「芝居は休みですので、木戸銭は頂きません。天保座の御接待ということで」

お栄の背後に立っていた和清が声をかけた。

「おぬしは」

直次郎が片眉を吊り上げた。

「申し遅れました。風邪をひいた座頭とはあっしのことで東山和清と申します」

和清は会釈した。

「座元もこの旦那で」

お栄が付け加えた。

「ほう。宮地芝居の座元にしては、粋な感じじゃないか。元は大芝居にいたのかい」

星三郎が座り直した。お糸の腰に手を回している。

探りを入れる目だ。

「いやいや大芝居には縁もゆかりもございません。根っからの小芝居座の役者でございます」

真っ赤な嘘をつく。これも芝居のうちだ。

「何故《なにゆえ》、わしらを接待する。何か魂胆があるのではないか」

星三郎の酒に濁った目が尖る。悪党ほど用心深いとはこのことだ。

「ささやかな魂胆はございます」

和清はさらりと答えた。

「どういう魂胆だ。役者風情が、わしらをコケにしおったら、ただではすまんぞ」

五人の武士が、一斉に怒気を孕《はら》んだ視線を送ってくる。

「まぁまぁお侍さん、お待ちください。ちょっとお耳をお借りしてもよろしいでしょうか」

和清は小上がりに上がり星三郎の脇へと膝を進めた。

「なんじゃ」

星三郎が鬱陶《うっとう》しげに身体を捩《よじ》ってきた。

「このところ町奴の嫌がらせに、手を焼いております。本舟町《ほんふなちょう》の『荒波連《あらなみれん》』でござんすよ。町娘が役者に熱を上げるのに、妬《や》いているのです。ですがこちらは、気を惹《ひ》くのが商売で、困っております」

そう吹き込むと、星三郎が顎を扱《しご》いた。

思案しているようだ。

町奴は鳶《とび》崩れ、力士崩れなどさまざまいるが、荒波連は漁師崩れの荒くれ者の集まりだ。

銛《もり》と櫂《かい》を削って作った突き棒を武器に、芝居町や両国に出没しては、町人や下級武士に難癖をつけ、金品を巻き上げている輩だ。

武士で狙われるのはもっぱら諸藩の勤番侍《きんばん》で、それも勘定方や典礼方の武士が多い。

武士の癖《くせ》に剣術には無縁の吏僚《りりょう》は、町奴に囲まれたならば無言で巾着を差し出すしかないというご時世だ。

「わしら武士に、たかだか町の無頼者を成敗させようというのか。まるで用心棒扱いではないか」

星三郎が口を尖らせた。

もったいをつけているようだが、実は勝てる自信がないのだろう。

「用心棒など滅相《めっそう》もない。そんなことは露《つゆ》ほどにも思っておりません。芝居町でも名の通っている皆様方が天保座の馴染《なじ》みと知れば、町奴も怖気《おじけ》つくというものです。かねがね、皆様方に顔を出していただけないものかと念じていた次第です。貧乏一座ですので、たいしたお礼はできません。そのぶん、芝居小屋ならではの御接待をと」

大嘘を言う。

この先、そういう事態になることはない。

今日を境にありえないのだ。

「直次郎。どう思う」

星三郎が隣を見た。

「悪い話ではなかろう。座元、芝居小屋ならではの接待とはどんなものだ」

直次郎が質《ただ》してきた。嫡男ではないとはいえ、旗本の倅《せがれ》のわりには無粋な輩だ。

「それは、天保座に入ってのお楽しみ、ということで。そこの娘さん方も一緒にどうぞ」

和清はお糸と多江にも微笑んだ。ふたりは顔を強張《こわば》らせたままだ。

「よかろう。まずは天保座という小屋を覗《のぞ》いてやる。どうせ黴臭《かびくさ》い土間だろうが、酒肴《しゅこう》はあるのだろうな」

星三郎が腰を上げた。ふらついている。

「へい、それは、たっぷりと」

和清は、小上がりを降り、愛想笑いを浮かべた。

他の侍たちも腰を上げ始めたが、いずれもかなり酒がまわっているようで、よろよろとしていた。

お栄が特売りと称して、日頃より安く振舞っていたせいだ。

お糸と多江も、それなりに呑まされたようで、足元がふらついている。これでは、すぐに男たちの餌食《えじき》になってしまうだろう。

「あらあら、娘さんたちしっかりしてくださいよ。天保座で、すこし眠ったらいいんだわ。あたしが付き添ってあげますからね」

お栄がしゃしゃり出て、お糸の腕を取った。

これには、侍たちも口出しはせず、にやにやと笑って眺めていた。遣手婆《やりてばば》に任せるといった目だ。

芝居が上手《うま》くなったものだ。

和清はお栄の立ち振舞いを眺め、そう思った。

この隙にお栄は、お糸に、

『うまく逃がしてさしあげますよ』

と耳打ちしているはずだ。

どやどやと、侍たちが土間におりて来る間に、様子のよい年増が女中をふたりも連れて入ってきた。

「いらっしゃいませ」

お栄が威勢よく声を上げ、小僧の太吉《たきち》がさっそく二列目の縁台に案内した。

太吉は役者の仕込みっ子でもある。

様子のいい年増は壁際の縁台に腰を下ろした。

草餅と茶を注文している。太吉がいそいそと茶を淹《い》れて丸盆で運んだ。

かつて水茶屋と言えば、絵師がこぞって描くような美人の茶くみ女たちが並んでいたものだが、文化二年（一八〇五）に茶くみ女は十三歳以下か四十歳以上にすべしというお触れが出されていた。

風紀紊乱《びんらん》を抑えるためのお触れだが、一切ならぬではなく、茶くみ女を子供と年増に制限したところに、幕府の茶目っ気がある。

だが、これで水茶屋は一気に廃《すた》れたという。

小料理屋の空蟬もお触れに倣っているということだ。

酔った侍たちは、草履を履くのにも手間取っていた。

不意に年増女に付いていた女中のひとりが、若い僧のもとに歩み寄る。

「あちらにいる京橋《きょうばし》の油屋『山形屋《やまがたや》』のお内儀がお坊さんがたに、田楽でもいかがですかと、言っています」

「恐れ入ります。修行の身の貧乏坊主です。ありがたくいただきます」

「どうぞお内儀の席へいらっしゃいませ」

女中に促され、若い僧ふたりが嬉々《きき》として山形屋の内儀の席に移動した。

どうもあの若い僧ふたりが気になるが、ちょうど侍たちが、暖簾の外に出揃ったところだった。

「あんな年増にはべらねばならぬとは、坊主も大変な稼業よな」

星三郎が爪楊枝《つまようじ》を咥《くわ》えたまま僧たちを蔑視《べっし》する。

「小料理屋にも茶坊主がいるということさ」

直次郎が酒臭い息を吐きながら答えた。

「それではお侍さん方、手前どもの小屋にご案内します」

和清は、星三郎にそう声を掛け、隣の火除け地に建つ天保座に先導した。

三

竹之内星三郎は天保座に入るなり、目を丸くしていた。

「近頃は小芝居屋もたいした造りになったものだな」

聞いていた宮地芝居の小屋より遥《はる》かに豪勢な造りであったからだろう。星三郎とその一行は何度もため息をついていた。

和清は内心ほくそ笑んだ。

芝居小屋の開設には、そもそも町奉行の許しが必要で、常設の小屋は中村座、市村座、森田《もりた》座の三座に限られている。

これらを官許三座という。

別名本櫓。

小屋の入り口に籠《かご》状の櫓を上げ、二本の梵天《ぼんてん》と座の定紋《じようもん》を染めた幕を張ることが許されているので、こう呼ばれている。

逆に、それ以外の小屋はすべて宮地芝居と称した。本来、神社仏閣の境内で、臨時に興行が許されたのがその名の由来である。

宮地芝居をかける小屋というのは、そもそも縁日など、一定の期間だけの興行許可であったので、屋根は舞台の上しか認められず、回り舞台や花道を設《しつら》えることも御法度《ごはっと》であった。当然、客席は土間である。

ところが、この天保座は外見こそ筵掛けだが、一歩中に入ると立派な建付けで、板敷きの客席には座布団が並べてあり、天井にも雨を凌《しの》ぐための屋根があった。

いまも演目取りやめとなったにもかかわらず、町娘たちが花見のように輪になって座り、幕の内弁当を前に、鈴のような声をあげている。

いずれも和清の手配した女たちではあるが。

「当座は三年前から南町奉行所へ控櫓《ひかえやぐら》への昇格願いを上げております。その手前、少しずつではありますが、造作を整えている次第です」

和清は笑みを浮かべながら伝えた。

控櫓とは、本櫓が何らかの事由で休座となった場合、代わって櫓をあげることが許される小屋である。

本櫓三座には、それぞれ控櫓が付いており、中村座の都《みやこ》座、市村座の桐《きり》座、森田座の河原崎《かわらざき》座がそれに当たる。

今年は木挽町《こびきちょう》では森田座に代わって河原崎座が櫓を上げていた。

そしてまたその控櫓が興行不振で休座に追い込まれることも、ままある。

そうなると、宮地芝居の小屋の中から、新たな控櫓が選ばれることになるわけだ。

このとき、小芝居座でありながら、大芝居を掛ける用意が出来ている小屋が認められることになる。

矛盾《むじゅん》するのだが、こっそり造作を立派にしていた方がその機会に恵まれやすいということだ。

天保座はいずれ控櫓として声がかかる手筈《てはず》になっている。和清は、約三年間、その準備をしていたわけだ。

「町方が来ても文句は言わぬのか」

星三郎が、舞台を見やりながら顎を扱いた。

花道こそないが、舞台は幅十二間《けん》（約二十一メートル）、奥行き五間（約九メートル）の立派な大きさで、いまは夏空に雲を描いた書き割りを置いてある。

「へい、時おり定町廻り同心さま方がいらっしゃいますが、こういたします」

和清は、星三郎の袖に一朱銀（約六千二百五十円）を二枚放り込んできた。

「そうしますと、にやりと笑って、お帰りになります」

「なるほど、そういうことか」

星三郎も満更ではなかった。

「片山様も、どうぞお楽しみを」

隣の直次郎の袖にも銀貨を二枚、差し入れてやる。

「おう、気が利くな」

直次郎も相好《そうごう》を崩した。

他の三人の侍にも、二朱ずつ摑《つか》ませた。

――三途《さんず》の川の前で冥途《めいど》の土産でも買うんだな。

和清は胸の内で笑ってやる。

お栄があちこちに座って、弁当を開いている娘たちに声をかけて回っていた。

振り返ってこちらを向く、娘たちはみな色っぽい笑みを浮かべている。

「竹之内さま、ひとつだけ断っておきますが、連れてくる娘たちは、いずれも素人《しろうと》です。無作法があっても何卒、お許しいただきたい。しかも無類の酒好きの娘たちばかりです」

和清は、前もって断りを入れておいた。

筋書き通り芝居を進めるには、前振りというやつがいる。

「心得ておる。わしらは遊郭の女などには倦《う》み果てておる。町娘と呑めるとは、なかなかの趣向じゃ」

星三郎は上機嫌で、連れてきたお糸の尻を撫で回している。

「いえ、私はそろそろ帰らねば」

お糸は身を捩っている。

まずはこの女を逃がさねばなるまい。

「竹之内様、すぐに御膳を用意いたします」

和清は、客席のあちこちを動き回っているお栄に目配せした。お栄が指を一本立てる。最後のひとりを選んでいるようだ。

お栄なりに相性を見計らっているのだ。

和清は指をくるくると回して、催促した。

女中の多江の方は、すでに酒が回っているとみえ、直次郎の胸に背中をあずけ、身体のあちこちを撫でまわされても、されるままになっていた。

ことの外酒に弱い女のようだ。

そこへお栄が町娘を五人連れてきた。

どの女たちも酔った目をしている。

「このお侍さん方は、雪之丞の後ろ盾になってくださる方々です。雪之丞がこれからも、やくざ者に襲われたりしないように、みんなでちゃんと御接待なさいな」

「はい、雪之丞さまのためならば、なんでも」

黄色に格子柄の小袖の娘が仲間内でいちばん巨漢で狸《たぬき》顔の山崎太平《やまざきたいへい》の横に座り、六合徳利を手に取った。

最初にお栄に耳打ちされた男だ。

「おぉ」

太平が頬を紅くして猪口《ちょこ》を上げる。

「据え膳でございますよ」

和清は星三郎に耳打ちした。

星三郎の前にも娘が座った。

紺絣《こんがすり》に紅い帯で、料亭の仲居風だ。

「加奈《かな》と申します。よい人が傍《そば》にいらっしゃるのに、私が酌などしてもよろしいのでございますか」

加奈が科《しな》を作った。

町娘を装っているが、実はお栄の下で壺振りの修業をしている女博徒だ。

「お糸、お前はもうよい。帰りたければ帰れ」

星三郎は、加奈の色気に押され、お糸を追い払った。

「この田舎娘もつれていけ。だらしなさすぎて興が醒《さ》めた」

直次郎が、多江を突き放す。

傍らには髪がほつれた婀娜《あだ》っぽい娘が座っている。

「あらま、お武家様、あたしのほうがいいんですかい」

鎌倉河岸《かまくらがし》の煮売り屋の娘、おとよだ。めっぽう酒に強い。

「かまわん。おまえと呑む」

直次郎が六合徳利を持ち上げた。

「では、丸川屋さんとその呑んだくれの女中は、あたしが引き受けましょう。いちおう空蟬の客なので」

お栄が、舞台下に待機していた一座の裏方に目配せした。

結髪《けっぱつ》のお芽以《めい》と小道具の松吉《まつきち》が、駆け寄ってきて、ふたりの娘を引き取っていく。空蟬の二階で少し休ませ、帰してやればいい。

これで憂《うれ》いは消えた。

あとは、一気に潰《つぶ》しに入るだけだ。

「それではお侍さん方、ご随意にお楽しみください。わたしは酒の追加を」

お栄が舞台袖へと戻る。

「星三郎様、女将は呑ませるほどに淫乱になる娘ばかりを選《え》りすぐって連れてきたはずです。とにかく酒をすすめてくださいよ。半刻《はんとき》（約一時間）も呑んで、助平な話でもしていれば、娘の方から、次第に膝を崩してきます。そうなったらあとはもう裏に仕度をしておきますので」

和清は星三郎の耳もとに手を当て、唆《そそのか》すように囁いた。

「此処にも裏茶屋があるのか」

「別棟に茶屋を建てることは許されませんので、舞台裏に畳敷きの座敷をいくつか造ってあります。大道具たちが建て付けた、まぁ簡単な座敷ですが、それぞれに湯殿も付けてござんす」

「ほう。湯まであるのか」

「はい、湯の中で女と戯《たわむ》れるのも一興でございますよ。ただし沸かすのに四半刻《しはんとき》はかかるので、それまで、どうぞ酒と肴でお楽しみください。それと盛り上げに、いまから舞台で音曲を鳴らします」

「それもまたよい趣向じゃ。芝居小屋そのものを茶屋にするとは、座元、それは見事な知恵よな。よい、よい、愉快じゃ」

星三郎が破顔した。

「今朝、入手したばかりの下り酒です。たっぷり揺られた伊丹《いたみ》の酒だそうですから、美味《おい》しいですよ」

お栄と裏方ふたりが、六合徳利十本と重箱に入れた幕の内弁当五つを盆に載せて運んできた。

「それはそれは旨《うま》そうだ」

星三郎が満足そうに頷《うなず》き、端に座っていた巨漢の侍は、さっそく塩結びと沢庵《たくあん》に手を伸ばした。

「加奈、おまえも酒が好きだろう。まずは呑め」

星三郎が加奈に猪口を渡した。

「あい、頂きます」

注がれた酒を加奈は一口で呑む。二升ぐらい呑んでも平気な女である。呑んで、旨そうに笑って見せたが、何気なくお栄を睨んでいる。

伊丹の銘酒ではないと舌が感じたのだろう。

お栄が『あたりまえだろ』と涼しげな目で流す。

「星三郎様は、これでぐっと」

加奈が、袂《たもと》から一合升《ます》を取り出した。天保座の紋が入った檜《ひのき》の升だ。

「おお、これは」

星三郎は面食らった顔をしたが、後には引けぬとばかりに升を受け取った。さっそく加奈がなみなみと注ぐ。

舞台に三味線弾きがふたりと、太鼓と鉦《かね》が並んだ。陽気な音曲が奏でられ、芝居小屋が、一気に料亭の大広間と化す。

客として方々に座っている仕出し役者（エキストラ）が、花見よろしく手拍子を打ったり、踊りだしたりしていた。

「直次郎さまも、ぐぐっと」

およも袂から升を取り出す。他の三人の町娘たちもそれぞれ目の前の侍に、升を渡している。

「みんな揃いの升を持っているのか」

直次郎が顔を顰《しか》めた。もうかなり呑んでいるので、もうたくさんということだろう。

「これは当座の土産物で、皆さんにもお帰りの際に差し上げます」

和清が立ち上がりながら愛想笑いを浮かべた。

この男たちには冥途の土産になろう。

「さぁ、さぁ、呑んでください。あたしらも呑ませてもらいます」

加奈が星三郎によりかかりながら、唆していく。

「おうっ」

勢いに押されて、星三郎がごくごくと呑む。直次郎や他の侍たちも呑まねば立つ瀬がない雰囲気に押され、呷《あお》るように呑んだ。

どの侍も口から酒が溢《あふ》れ、だらだらと顎を伝っている。

「よしっ。次はそちたちがこの升で呑む番だ。注いでやる。呑め」

星三郎の目がぎらぎらと輝き始めた。

「はい、喜んで」

町娘を装った莫連女《ばくれん》たちが、升を受け取り一気に呑んでいく。

「ひゃはぁ、酔いが回ってきた」

おとよが額の汗を手の甲で拭い、膝を崩した。脛《はぎ》が僅《わず》かに見える。

「はい、今度はお侍さん方」

すかさず加奈が升を返す。

和清の思う壺になってきた。

侍たちがへべれけになるのに四半刻もかからないだろう。

四

「半次郎《はんじろう》さん、首尾は」

舞台裏に引っ込むなり、和清は声を張り上げた。

表から見える舞台の真裏にもうひとつの裏舞台ある。

そこに三畳の座敷が五部屋設えられていた。手前が襖《ふすま》、奥は障子戸の座敷で、正面から見ると棟割り長屋のような造りだ。

天保座はすでに回り舞台を完成させていたのだ。

とはいえ官許を得ていないので、客に回っている場面を見せたことはない。いちいち幕を引いて、それから奈落の下に潜った裏方たちが回転軸を回しているのだ。

それでも客は、あまりに早い場面の転換に驚き、息を呑む。

回り舞台だと気づいていないことが、むしろ驚きの幅を広げているようだ。

「へい。上々《じょうじょう》でさぁ」

坊主頭の半次郎が、裏舞台の上で胸を張った。四十路《よそじ》を過ぎたばかりの元大工だ。

「どうれ」

和清は舞台に上がる梯子《はしご》を上がり、まん中の部屋に入る。

紅い蒲団《ふとん》が敷かれ、辺りに白粉《おしろい》の匂いが漂っていた。否が応でも欲情に駆られる仕組みだ。

「風呂も出来ております」

半次郎が障子戸の奥を指差す。

開くと半畳ほどの広さの板の間に、五右衛門風呂《ごえもんぶろ》があった。

本物の風呂なら鋳物の釜を檜で覆ったものだが、芝居用の道具なので釜の部分はない。大きな木桶だ。蓋《ふた》がしてあった。

半次郎がその蓋を外した。湯気が上がっているように見える。

「いい湯加減のようだな」

和清は笑った。

「へい。まちがいないです」

和清はそれから天井を見上げた。

大きな盥《たらい》がぶら下がっていた。

「あっしと松吉で綱《つな》を引いて、あの盥を一気にひっくり返します」

と半次郎。天井の太い梁《はり》の両端を指さす。

見やると、梁から舞台上手《かみて》と下手《しもて》にそれぞれ人ひとりが入れるほどの籠が吊ってあり、その脇の柱に綱の端が結ばれていた。

誰かが籠に入り、綱を引くと盥がひっくり返るという寸法のようだ。

「そいつは、表芝居なら笑いが取れる仕掛けだな」

だが今日に限っては決して見せてはならない場面である。

「五部屋とも同じ仕組みになっております」

「あとは、奴らが足元もおぼつかなくなるのを待つだけだな」

和清は感心して、何度も盥を見上げた。いまは微動だにしていない。

「大八車は、もう裏につけておきますか」

「そうしてもらおう」

と和清は半次郎に命じ、今度は楽屋に向かった。

楽屋は裏口に近い八畳間だ。

「おうっ」

声を上げ和清が入ると、役者たちは気ままにしていた。

三方の壁に鏡台が二台ずつ置かれているが、今日は誰もその前に座っておらず、部屋のど真ん中で、看板役者の瀬川雪之丞こと翔太《しょうた》と話芸の羽衣《はごろも》家千楽《やせんらく》が、将棋に興じていた。

雪之丞は宙乗り、トンボ切り、七変化を自在にこなす三座の役者にも引けを取らないほどの人気役者で、年増女たちから、年間五百両（約五千万円）もの祝儀を巻き上げる人たらしでもある。屋号は空見屋《そらみや》。

だが裏舞台に回ると屋根裏に潜んで、聞き込みもすれば、糸を垂らして首を切る刺客に変貌する。

それもそのはずで、雪之丞、元は甲賀《こうが》の忍びだ。

一方の千楽は元は噺家《はなしか》で、座っているだけで絵になる恵比寿《えびす》顔の老役者だ。

本来ならばこの千楽は、寄席でトリがつとまるほどの話芸の持ち主だ。

それも落語の開祖とされる安楽庵策伝《あんらくあんさくでん》の『醒睡笑《せいすいしょう》』の話をすべて自家薬籠中《じかやくろうちゅう》

のものとしているほどの腕前で、いまでも高座にあがっていれば名人と呼ばれていることであろう。

十年ぐらい前は絶頂期にあった。

師匠よりも人気が出過ぎたのがいけなかった。

中締めを務める千楽が喋り終えると、客が一斉に退くという現象が起きた。その後に控える兄弟子や、大締めを務める師匠が出る頃には、小屋がガラガラになってしまうのだ。

これで嫉妬を買った。

師匠の桃乃亭満楽《もものていまんらく》は、千楽の芸をなじり、しまいには師匠に断りなく、よばれた料亭の座敷でお大尽相手にバレ噺を一席やったことに、因縁をつけてきた。

一門の品格を落とした廉《かど》による破門である。

お座敷芸として、寄席ではやらないバレ噺をやるのは、噺家の常である。しかも千楽曰《いわ》く、断りは入れてあったという。

世の中、嫉妬ほど怖いものはない。

桃乃亭一門から破門状が回ったこともあり、江戸中の一門が千楽を引き取ることをしなかった。落語界そのものが千楽に嫉妬していたのである。

八歳で桃乃亭に入門した千楽は、寄席を追われ路頭に迷った。それまで噺家として順風満帆であったのだから、妻も娘もいた。

それがその日の食事にも困るようになったのだ。

千楽は名を捨てて、路上に立った。

芸人は板の上の者と砂の上の者に大別される。砂の上の者は、芸人ではなく、物乞いと見られるのがオチであった。

それでも辻に立ち、上方風《かみがた》に演台を叩きながら喋ってはみたものの、銭はさほど飛んでこず、地回りに石礫《いしつぶて》を持って追われるばかりであった。

すさんだ日々が続くが、自分には話芸しか術《すべ》がない。

とうとう千楽は、その話術を、地回りのヤクザに売った。

偽薬の辻売りである。

何の効果もない薬草を生薬として売ることを条件に、ヤクザから売り場を与えられたのである。千楽のいかにも効果の上がるらしい口上は、道行く人々の足を止め、偽薬は売れ始めた。

だが、売り上げの八割は、ヤクザが持っていく。そのうち薬を買ったものの、病が余計にひどくなっている人々を見て、千楽は廃業を誓った。

よく五年もやったと思う。

当然、ヤクザは許してくれなかった。仕入れた草の代金を払えと脅してきた。もとより野原で摘んできただけの雑草である。

千楽が拒否すると、妻と娘を岡場所に売ると言い出す。

途方に暮れながらも、偽薬を売り続けるしかなかった。

和清が千楽の話に立ち止まったのはそんなころだった。

お蝶を失い、気落ちしていたせいか、常に腹具合が悪かったときだった。口上を聞けば、治るような気がした。

乾いた草は一匁《もんめ》（約三グラム）で二朱（約一万二千五百円）とは高価だと思ったが、治るのならばと、手を出した。

すると千楽が、

『同心様、これは効きませんよ』

と頭を下げてきたのだ。

近くの茶屋に連れ出し話を聞くと、これまでの行状を話してくれた。

和清は、目の前に座っている土埃だらけの老人が、己が寺子屋に通っていた時分に、一世を風靡《ふうび》していた桃乃亭千楽と聞いて驚いた。

偽薬を操《あやつ》っていたヤクザを捕り方を総動員して撲滅《ぼくめつ》し、千楽を裏同心の仲間に引き入れた。

——話芸は武器になる。

南町奉行である筒井もそう判断した。

和清が天保座を買い取ってからは座付き役者として、裏芝居の重要な脇役を演じている。さまざまな職業に化けて、市中の探索ができる貴重な存在だ。

結髪のお芽以は千楽の娘である。

他に斬られ役ふたりと、雪之丞のもっぱら敵《かたき》役を演じる市山団五郎《いちやまだんごろう》が寝転んで春画双紙を眺めていた。

「気楽なもんだな。まぁ、表は休座だからいいんだが、日が傾いたら裏の芝居だ。仕度をしろよ」

和清は、役者たちを見回しながら、そう声をかけた。

「へい」

千楽がすぐに指を止め、顔をあげた。

「あっしらの役は、客席で酔っている旗本の身代わりで」

雪之丞が自分の名入りの団扇《うちわ》で首の周りを扇《あお》ぎながら、確かめてきた。

「そうよ。上手く化けてくれ」

和清は答えた。

「承知しました」

雪之丞が頷く。

「出番は、暮れ六つ過ぎだな。装束は、じきにお芽以が持ってくる」

「へい。あっしは、このままでいいですね」

千楽が背筋を伸ばした。

「そういうこった。千楽さんは大八車の先頭をやってくれ。旗本のひとり分は俺がやる」

「へい」

他の三人の役者も立ち上がり、伸びをしたり、剣術の構えを取ったりし始めた。これからが役作りである。

和清が、客席に戻ると星三郎たちの宴《うたげ》は佳境に入っていた。

音曲も一層気張って囃し立て、その他大勢の客に扮している役者たちも、水《みず》盃《さかずき》だというのに、ぐでんぐでんの様子を演じていた。

「わしはもう呑めん。寝てしまいそうだ」

巨漢の山崎太平が上半身を揺らし始めていた。

あんな者に寝られてしまっては、運べない。

「太平、おぬし、塩結びをみっつも食いやがったな」

直次郎が目を剝《む》いていた。真っ赤である。

頃合いのようだ。

「さあさあ、お侍さん方、奥の方が整いました。どうぞ、座を替えましょう」

和清はしゃしゃり出た。

「うむ、それがいい」

と、立ち上がりかけた星三郎が、上げた腰をすぐに落とした。酔いが総身《そうしん》にまわっているようだ。

直次郎も片膝を立てたまではよいが、そこから動けずにいる。他の三人も同様であった。

和清の合図で小屋の裏方衆がすぐに駆けつけてきた。

主に半次郎の下の大道具係だ。

「それでは、奥でまずひと風呂浴びて、酔いを醒ましてはどうでしょう」

和清は若い大工の肩を借りている星三郎に伝えた。

「私が背中を流しましょう」

加奈もすぐに色目を使う。

「おう、背中ではなく、前も流してもらおうぞ」

ふらつきながらも星三郎は、肉欲を募らせていた。

「ささ、皆さまこちらへ」

和清が先に立って、舞台裏へと進む。

半次郎以下裏方衆はすべて持ち場についていた。

「ほほう。なるほど、これはたいした裏茶屋だ」

星三郎が抱えられながらも、目を擦《こす》って裏舞台に出来た棟割り座敷を見上げた。

町娘に化けた莫連女たちが先に梯子をあがり、それぞれの部屋に入り、侍たちが来るのを待つ恰好《かっこう》となった。

和清は舞台裏の大柱の陰に隠れて、様子を見守った。

星三郎を先頭に、五人の侍がそれぞれ部屋に上がった。

立っているのも辛《つら》いらしく、いずれも蒲団の上にへなへなと寝転んでいる。

「星さまぁ、早く。ちょうどよい湯加減でございますよ」

加奈が甘い声で呼ぶ。

「おぉ、ちょっと待て。すこし酔い醒ましをしたい」

星三郎が荒い息を吐きながら言っている。

「あら、星さま、酔い醒ましには汗をかくのが一番でございますよ。それに湯が冷めぬうちのほうがよござんす」

「それもそうか」

と星三郎がのろのろと立ち上がった。

加奈が蓋を取った。湯煙が上がっているように見える。

隣の部屋ではおとよが同じように直次郎を誘っている。

「直さま、背中よりも前をさきに洗って差し上げますよ」

「おうっ、おとよ、では拙者の帯を解いてくれ」

直次郎が風呂桶に向かって進んでいた。

「はいな」

おとよも風呂桶の蓋をとり、直次郎の背後へと回った。

他の部屋も同じ調子で進んでいる。

和清は、女たちだけに見えるように、手を挙げ、指の数で『待て』と『進め』

を指図した。

この場合、五人が一斉に風呂桶に足を踏み入れてくれねばならなかった。

女たちはこの指示通りに、それぞれの侍を風呂桶へと手引きしていた。

すったもんだの末、それぞれが長襦袢姿になった頃だった。

星三郎が一足先に風呂桶を覗いてしまった。

「なんだ、この風呂は……」

桶の底を見られてしまったら、もう御仕舞《おしま》いだった。段取りをしている場合ではない。

和清はぱちんと手を鳴らした。

「さっさと、入ってしまっておくんなせぇ」

加奈がいきなりしゃがみこみ、星三郎の足を取り、頭から風呂桶へと落とした。

「うわわっ」

他の四部屋の女たちも、委細かまわず一斉に、侍の足を取った。

揃って逆さまに湯壺に落ちていく。

「うぐっ」

「ひぇ〜」

「がっ」

「しゃっこいっ」

それぞれがそう叫びながら落ちた先には、砕いた氷が埋まっている。湯壺の先から十寸（約三十センチ）ほどの高さまで詰まっていた。

天保座の地中に隠した氷室《ひむろ》から取り出したものだ。

蓋を開けて立ち上ったのは湯煙ではなく氷煙《ひょうえん》だったのだ。

酩酊《めいてい》状態で、氷の上に頭から落ちた連中は、足をばたばたとさせていた。いまだ。

和清は柱の陰で、両手を挙げ左右に開いた。

舞台の上手、下手の天井から下がった籠にいる黒装束の半次郎と松吉が、せーので綱を引き、ひっくり返した。

十六尺（約五メートル）上方から、ががらと砕氷が落ちていく。石礫のようなものだ。

それもひとり一俵分の氷だ。

「あうっ」

「痛てっ」

星三郎と直次郎は悲鳴を上げたが、他の三人は唸るだけで、叫ぶこともできなかった。

星三郎が足をさらにバタバタとさせた。

直次郎は腕を上げ、なんとか風呂桶の縁《へり》を摑もうとしている。

「女ども、水だ。脇の用水桶の水をかけろ。顔に向けどんどん掛けろ」

「はい」

と加奈をはじめ女たちが、風呂桶の横にある防火用水を抱え上げ、水を注ぎこむ。前もって大川から汲み上げておいた川水だ。濁っている。

「んぐんぐんぐ」

逆さまに風呂桶に落ちたままの星三郎が、川水を飲み込み始めたらしくさらにもがいた。だが前後もわからぬほどに酔っており、身体に力が入らず、より深みに嵌《は》まっていく。

「うぷっ」

「くはっ」

直次郎や太平も唸るばかりだ。

「裏方の男衆たちは、防火用水を上に運べ」

和清はそう叫び、裏舞台へと飛び乗った。

「おうっ」

半次郎の下で働く大道具たちが、小屋の隅と裏口脇に積んである用水桶を、次々と舞台上の風呂桶へと運び始める。

これもすべて大川から汲んできたものだ。

和清は、ど真ん中の座敷の奥に進み、星三郎が逆立ちして入っている風呂桶にざばざばと注ぎ込んでやった。

「さんざん、町娘を泣かせ、職人の腕を斬りやがったんだ。あっさり死なねぇで、苦しめ」

「げぼっ、げぼっ」

半次郎が籠から降りてきて、星三郎の足首を押さえた。

「あっしの知り合いの鍛冶《かじ》職人も、こいつに腕を斬られて、職を失った。許しちゃおけねぇですよ」

「だよな」

和清は風呂桶が満杯になるまで水を注いだ。

星三郎の口から泡が出なくなったところで、半次郎が足を離した。桶の中にどぼんと落ちた。

「こんなもんですかね」

と半次郎。

「こんなもんさね」

と和清は、蓋を閉めた。

直次郎たち四人も同じように氷水の中に沈んだようであった。男衆たちが、蓋を閉める音が順に聞こえた。

「それじゃぁ座元、私たちはこれで上がります」

加奈が他の部屋の女たちに声をかけて、梯子を降りて行った。

「ありがとさんよ。謝礼はお栄から受け取ってくれ」

「あっしらは、座元と同じで銭金はどうでもいいんですよ。それより、さっき空蝉にいた若い坊主たち。ああいうのがまた来たら、ちょっかいだしてもいいですかねぇ」

加奈が振り返り、嫣然と微笑んだ。

「そりゃぁ、姐さん方の腕次第だ。俺の知ったことじゃない」

和清はそう言ったものの、妙な胸騒ぎを覚えた。加奈のような手練手管《てれんてくだ》の女ものぼせ上らせるとは、ちょいと気になる坊主たちだ。

とはいえ、いまは仕事を急ぐ方が先だった。

「半次郎さん、それじゃぁ暮れ六つまで、奴らは漬けといておくんなせぇ。それまでに役者が一芝居打ってきますから」

「へい。では少し休ませて貰《もら》いやす」

半次郎を見送ると、和清は客席におりて、煙管を取って一服した。

お栄と結髪のお芽以が、侍たちの脱いだ着物を集めていた。

ごろりと横になり天井を見上げる。

小芝居屋の癖に格天井《ごうてんじょう》だ。その天井に向けて煙草の煙を吐く。

煙の中に南町奉行の筒井政憲の顔が浮かんだ。

『植草勝之進《うえくさかつのしん》。市井《しせい》に出て裏同心になることを命じる。一派を立てよ』

三年前に告げられたことだ。

お蝶を亡くしたちょうど二年後だった。気落ちからようやく立ち直り始めた頃のことだった。

『町奉行では裁けぬ一件を、同心や捕り方ではなく、そちの一派で始末するのだ』

とんでもねぇ役目だと思ったものだ。

だが気持ちがしゃきっとなった。

筒井は、和清がこのまま組屋敷にいては、お蝶の思い出から離れられないと踏んだのだろう。

事実、どこを見てもお蝶との思い出が詰まっていた。

小島の家では、長兄の伝一郎《でんいちろう》が父と同じ橋廻り同心となり、間もなく例繰方《れいくりかた》同心の次女を嫁に貰うと聞いた。

組屋敷を出る踏ん切り時であった。

ただし、その役目を引き受けるに当たり和清は、たったひとつ願いを上げた。

芝居小屋を一軒貰いうけることだ。

生来の芝居好きでもあったが、裏の一派を構えるには、それなりの舞台を設えたいと考えたからだ。

たとえば単純に市井の職人を引っ張り込んでも、その都度料理屋で密談していたのでは、面倒だ。

偽りの家族を作るにしても、名主の目があった。

江戸の町で長屋に入るには、それまでの在所の名主からの証《あかし》がいるのだ。ましてや、仕置きに必要な武器を調達するには町方や目付、それに何よりも世間の目がある。

それらを怪しまれずに遂行できるのが、芝居小屋だ。

和清が芝居小屋の座元になり、そこに様々な者が流れ着いたことにすれば、筋は通る。

役者や芝居の裏方にはそもそも流れ者が多く、宮地芝居の小屋などは、その寄せ場のようなものだ。

これが和清が描いた最初の筋書きだった。

筒井政憲はこれを認めた。

認めたどころか、膝を叩いて妙案だと褒めてくれた。

さっそく和清は、仕事に入った。

まずは同心株を売った。

それも相場の二百両（約二千万円）ではなく、破格の千両（約一億円）で売った。

この株を買ったのは尾張町《おわりちよう》の呉服問屋『津川屋《つがわや》』の主人《あるじ》、津川屋彦左衛門《ひこざえもん》。

三男の秀造《ひでぞう》を商人《あきんど》ではなく、士分にするためであった。

いまどきの豪商にとって、最後に手に入れたいものは、倅を士分にすることによる名誉だ。そして倅が出世出来るように惜しみなく金を使う。

三十俵二人扶持《ぶち》でしかない町方同心でも、士分は士分である。

植草勝之進は二歳下でしかない秀造を養子に取り、自分は隠居を願い出た。

もちろん、南町奉行の筒井政憲はあっさりこれを認めた。

この千両から七百両を使い、左前になっていた葺屋町の天保座を座元、東山寛《かん》寿郎《じゅうろう》から買い取った。

これを機に、名を東山和清に改めたのだ。

芝居小屋は町奉行の管轄なので、興行の許可も難なく下りた。

そこから和清は、いまの仲間たちを集めたのだ。

天保座一家は、拠《よ》り所《どころ》のなかった連中による疑似家族であるが、その絆は悪を成敗するごとに強くなっていた。

呉服屋の三男のほうは植草秀之進《ひでのしん》となり、憧れの朱房の十手を帯に挟んで市中を走り回っているという。

金に糸目をつけず探索する奇特な同心として活躍しているそうで、植草家の家名も上がるというものだ。

この家督相続が上手くいったのは、やはり裏で奉行が動いたからである。

『いずれ、同心以上の格に付かせる。しばらくはそのまま勤めよ』

卯月の将軍代替わりの直後、そうも言われた。

あの爺さんは、いったい何を企んでいるのやら、だ。

などと思い出していたら、少し眠くなった。

「座元、仕度が整いやした」

雪之丞が声を掛けてきた。

「おう、すまねぇ。袴《はかま》をつけていないのは俺だけかい」

起き上がって、目を擦った。

「座元は身体からして、片山直次郎の着物を」

お芽以が衣装を抱えて立っている。

和清は、急いで仕度した。

「それでは、表からまいろうか」

和清は四人の役者に声を掛けた。

小屋の木戸を出るといい具合に小雨が降っていた。

さすがに芝居町も人気《ひとけ》はない。

雨とあって、夜鳴き蕎麦屋も出ていないようだ。

それでも雪之丞が声を張り上げた。

「太平、おぬし、どんだけ呑んだんだよ。でぶでぶで見苦しいぞ」

と星三郎に扮した雪之丞が人形町通りに出るなり、太った侍の腹を蹴った。

「うえっ、星三郎、何をしやがる。うえっ、うえっ」

今度は山崎太平が屈《かが》みこんで通りに吐く。

扮しているのは、いつも雪之丞の敵役を演じている市山団五郎だ。

いきなり芝居を始めたのだ。

細身の団五郎は、腹に座布団を数枚巻いているので、実は蹴られてもどうってことはない。ここは受け手の団五郎の芝居の方が上手だった。

「うるせぇ。俺の顔で呑めたっていうのに、おぬしは礼のひとつも言わねぇじゃねぇか」

星三郎の着物に羽織袴をつけた雪之丞は、さらに団五郎に向かって唾《つば》を吐き、悪態をついた。

「まぁまぁ星三郎、おぬしも酔っておる」

言いながら和清はよろけて見せた。片山直次郎の役である。

「やかましいわい。直次郎、おぬしのことも殴ってやる」

雪之丞が肩を突いてきた。

今日は休座で、おひねりを貰えなかったので、少しむくれているのだ。

酔って罵詈雑言《ばりぞうごん》を浴びせかけながら浜町《はまちょう》の新大橋《しんおおはし》へと向かった。

少し遅れて大八車が付いて来ているはずだった。

四半刻とかからず、五人は大川に架かる新大橋にたどり着いた。

幸いなことにここまでの間に、駕籠《かご》かきや芸者、若侍など十人ぐらいの通行人に出会った。

見てもらわねば意味がない。

裏の芝居もときによっては見せるためにやる。

今宵の場合、五人の旗本奴が酔って歩いているさまを、界隈の者たちに見せておくことが肝心となる。

暗い大川に雨が打ち、川面に銀色の玉がいくつも跳ね上がっている。

ひとつ先の両国橋の袂《とも》にはまだ紅灯《こうとう》が点っており、三味の音《ね》がここまで聞こえてきていた。まだまだ退けどきではないようだ。

対して新大橋はひっそりとしていた。

旗本奴たちが、足を滑らせて、川に落ちるにはもってこいの濡れ方でもある。

それでは一幕一場の始まりだ。

和清は心の中でかーんと柝《き》を打った。

「やい、直次郎。お主、わしが眠っている間に、加奈にも手を出しただろう」

雪之丞が言いがかりをつけてきた。

「あぁ、やったよ。それがどうした。おぬしが眠ってしまった後に、あの女はまだ物足りないというので、それがしが同衾《どうきん》した。それがどうした」

和清が演じ返す。

すべてが即興芝居だ。

川端に大八車が二台、ひっそりと入ってくるのが、夜目にも何とか見えた。五右衛門風呂だが、棺桶にも見えなくはない。

念のため和清はくしゃみをした。

下からもくしゃみの音がする。千楽で間違いない。

「おぬしは、人の気持ちも知らんでっ。直次郎、こうしてくれるわ」

雪之丞がやにわに刀を抜いた。

おっと。

あわてて和清は飛び退いた。いつもの舞台用の竹光《たけみつ》ではなく竹之内星三郎の真剣を抜いたのだから、危ない芝居だった。

「くそめが。星三郎、おぬしの狂態にはつくづく愛想が尽きたわい。ならば相手をいたそう」

和清も三年ぶりに真剣を抜いた。

互いに緊張した。

「桶の蓋が開いたぞ」

小声で団五郎が言った。

「よしっ」

和清は刀を上段から振り下ろした。

雪之丞が下から返す。

刃《やいば》がぶつかり合い、火花が散った刹那《せつな》に、和清は柄を離した。そのまま橋の欄干に背中を付ける。

キラリ。

霧雨の中を刀が飛び、大川の闇の中へと吸い込まれていく。

「うわぁあああ」

続いて和清も欄干から落ちた。背中からだったので、ままよと思った。

残された四人も競り合いの小芝居の末に、全員が川に飛び降りた。

どぼん、どぼん。どぼん、どぼん、どぼん。

背泳ぎをしながら、和清は川端で屍骸《むくろ》が五体、放り込まれる音を聞いた。

片が付いたようだ。

役者五人は、そのまま対岸の森下《もりした》で川から上がり、袴や羽織、それに着物を大川に流した。永代橋辺りで屍骸と着物が合流してくれたらよい。

五人、裸で土手に上がると、黒装束のお栄とお芽以が、同じく五人分の黒装束を持って待っていた。

土手の上は浜町だ。

後は闇に紛れて、天保座に戻るだけだった。

闇裁きの閉幕である。

雨脚が強くなるなか、黒装束に頰被《ほおかぶ》りをした五人は、葺屋町に向かいひた走った。

笠間《かさま》稲荷神社の手前を左に曲がろうとしたときだ。

「あぁあああ」

雨に煙る通りの向こうから女の悲鳴が聞こえた。

「くらえっ」

男の声も聞こえる。

目を凝《こ》らすと、八間（約十五メートル）先に、和清たちと同じような黒い男の背中が見えた。ただし頭だけが白く、雨を弾《はじ》いているようだ。

「坊主かよ」

和清は手の甲で目を拭った。

「道端で夜這《よば》いとは、なんて無粋なやつだ」

団五郎が舌打ちをする。

「雪之丞、あの坊主の頭に踵《かかと》を入れてやれ」

「へいっ」

和清が命じると、すっと地を蹴った。雨空に黒装束の雪之丞の身体が浮かび、町家の屋根に上った。

忍者走りで屋根をつたい、立ちどころに坊主の真上に辿《たど》りつく。

その雪之丞がすぐに飛び降りなかった。

「おいっ、くそ坊主、てめえ、なにしてやがんだ」

どういうわけか声をかけている。

「ふんっ、盗人か。見逃してやる。失《う》せろ」

見上げた坊主が吠えた。

この場合、見た目にはどっちもどっちだ。悪党が悪党を罵っているようだ。

和清は団五郎だけを連れて坊主のほうへと走った。残りのふたりは、葺屋町へと戻って行った。

「うっ」

今度は女が呻《うめ》くような声を上げた。坊主の手に刃物が握られていた。女の身体から抜いたばかりのようだ。血がべっとりついている。

「てめぇ、なんてことしやがる」

雪之丞が屋根から舞い降りた。

右足を高く上げている。坊主の頭をめがけて振り落とした。僅かに狙《ねら》いがずれた。踵は頭頂部ではなく、右肩に当たる。体勢を崩した雪之丞が、用水桶の山に体当たりした。

「うっ」

坊主の身体が揺れる。だが、この坊主は倒れず、さらに女の腹をもうひと突きした。

「あうっ」

女は水溜まりに崩れ落ちた。帯が乱れ、両手で押さえた腹部から血が溢れ出ている。

「およう、先に地獄に行っておれ」

坊主は包丁を女の手に握らせ、身を翻した。

「待てっ」

和清は地を蹴った。が、泥に軸足を取られ、勢いが弱かった。

「盗人ごときが、関わるな」

坊主が振り向きざまに右足を振った。その足から下駄が飛んでくる。

「痛てっ」

和清の脛《すね》に当たる。弁慶も泣いたという急所だった。

団五郎が追おうとしたが、坊主の姿はすでに辻を曲がって消えていた。

「深追いするでない。町方が来たらおれらもまずい」

脛を摩《さす》りながら和清は、団五郎を止め、女に近づき片膝を突いた。

「しっかりせい」

「おかまいなく」

雨と泥に塗《まみ》れた顔だが、およういう女はきっぱり言う。

口調からして武家の女のようだ。家名を汚《けが》してはならぬと、耐えているのであろう。

「雪之丞、いつまでもひっくり返っていねぇで、鶴庵《つるあん》先生の所へ走れ。負ぶってでも連れてくるんだ」

「へいっ」

雪之丞が土砂降りの中を韋駄天《いだてん》のように走っていく。

鶴庵は堺町の金創医《きんそうい》だ。生傷の絶えない大工や役者の面倒を一手に引き受けている老医師である。

「医者にはかかれませぬ」

「素性は申さずとも縫《ぬ》ってくれる名医だ。しっかりせい」

和清は声をかけたが、女の目は虚《うつ》ろだ。

「……騙《だま》されました。知らぬ間に抜け荷の手伝いをさせられていたとは気がつきませんでした。けれども悔いてはおりませんよ。一生に一度のよい夢を見ました。あの方に抱かれて本当によかった。惚れたのはこちらですからしようがないんです。どうぞこのままにしてください。もう、この世に未練はございません。この先、修羅場《しゅらば》を見るのはいやでございますよ」

その言葉を最後に息を引き取った。

開いたままの目に雨粒が落ち、ビードロのようになった。

「なんてことを。女を食い物にする奴は許せねぇな」

「まったくでござんず」

傍らで膝を突いていた団五郎も唸り声をあげた。

立ち上がろうとすると、女の胸元に書状の端が見える。

少し摘まみ出す。

遺書とある。

和清は開けずに胸元に戻した。濡れないように。

濡れてしまっては、この女の遺志がどこにも届かぬことになる。家名のためには不義密通をしていたことは隠さねばならぬのだろう。

通りがかりの者が、口を挟むことでもあるまい。

「団五郎、見ての通りだ。鶴庵先生にはもうよいと伝えてくれ。夜中に叩き起こしたことは、明日、俺が煎餅でも持って詫びに行くさね」

「へいっ。座元も風邪をひかないように」

団五郎も雨の中に消えた。

和清は女の屍骸に背を向け、歩き出した。

役者は客に夢を売る。ひとときの嘘っぱちの夢だ。

けれども、決して地獄は見せねぇ。

いまの坊主の色売りは、夢と引き換えに地獄に落とすということだ。

いずれあの遺書も、心中だと言い聞かせて、書かせていたに違いない。安い陰《かげ》間《ま》の手口と同じだ。

許せねぇ。

男の風上におけぬ奴らは、許せねぇ。

この一件も御裏番として、始末をつけねばなるまい。

和清は、鬼の形相《ぎょうそう》になって、土砂降りの町を睨んだ。

第二幕　筋書きと稽古《けいこ》

一

　あくる日の昼下がり、和清がくしゃみをしながら空蟬に入ると、ちょうど昨日、助けてやった丸川屋のお糸が女中の多江を伴ってやってきた。

「本当に助かりました。これ最中です」

　頭を下げて菓子折りを差し出してきた。

「まぁ、ありがとう。しかしあなた様のような大店《おおだな》の娘さんは、こんな店ではなくて、ちゃんとした大茶屋へ入ったほうがいいですよ」

　お栄が最中を嬉しそうに受け取りながらも、諭《さと》した。

「そうさね。うちらのような小芝居座や、小料理屋には胡乱《うろん》な男どもが集まってくる。気を付けなせえよ」

和清も笑いながら、通りに面している縁台に顎を向けた。

今日も朝っぱらから若い坊主がふたり座っている。

昨日山形屋の内儀が声をかけた坊主とは別な者だ。

「はい、気を付けます。汁粉をいただけますか」

お糸は笑顔で、二列目の縁台に腰を下ろした。

「はいよ」

お栄が厨房に向かった。

和清は、堺町《さかいちょう》の裏路地にある鶴庵の家へ向かうために通りに出た。

すると多江がすぐに立ち上がり、坊主のひとりに声をかけた。

「廻船問屋丸川屋の女中多江と申します。当家のお嬢さまが、お坊さん方に汁粉でもいかがと申しておりますが」

などと言っている。

昨日の山形屋の内儀を真似《まね》たようだ。

「喜んで」

坊主ふたりが、すぐに後ろの席へと移った。

色坊主……。

昨夜の浜町での一件が頭をよぎる。

早々に筒井様に闇裁きの願いを出したいところだが、うまく進言せねば御奉行も、役者稼業の嫉妬と勘違いしかねない。

いましばらく思慮せねばならない。

いっそ堂々と坊主どもに喧嘩でも売るか。

そんなことを考えながら、抜けるような青空の下、人ごみを掻き分けながら前に進んだ。

「ゆうべ、新大橋でお武家同士の喧嘩があってよ。それはそれは凄《すさ》まじかったと。ほらここに全部その顚末《てんまつ》がある」

瓦版屋の声がやたらやかましかった。

千楽が適当に作った話を流したのだ。

天保座は今日も休座だ。

役者も裏方も昨夜の疲れが残っているので、休ませることにしたのだ。

和清も久しぶりに泳いだので肩や腰が痛かった。

そんな折、市村座の前を通りかかると、いけすかねぇ奴が立っていた。

「おっと、勝之進じゃねぇか。呑気《のんき》に昼酒でもくらっていたのかよ」

北町奉行所の定町廻り同心、樋口大二郎《ひぐちだいじろう》だ。

同じ歳《とし》。

かつて和清が南町の隠密廻り同心、植草勝之進と名乗っていた頃を知る男だ。無頼漢《ぶらいかん》だが、新陰流《しんかげりゅう》の使い手で、その腕は確かだ。和清の半円殺法を邪道だと罵るが、打ち合いでは、当時負けたことがなかった。

和清は柴影流であるが、たしかにその教えに半円殺法はない。あれは和清が荒唐無稽噺を集めた戯作本にあった虚構の殺法を独自に体得したものである。

この世には、嘘から真実《まこと》が生まれることが多々ある。

樋口は岡っ引きの銀次《ぎんじ》を伴っていた。

「御冗談を、樋口さま。朝から金策でございますよ。手前共のような小芝居座では、新作を一本掛けるためには、あちこち贔屓筋《ひいきすじ》を回って前借りをしないと、どうにもなりません。それはもう草履をすり減らして歩き回っている次第で。それとあっしはもう植草勝之進ではございません。その名前はとっくに返上いたしました」

と、和清は樋口の黒羽織の袖の中へと握り拳を伸ばし、一朱銀（約六千二百円）を二枚放り込んだ。

町方への心付けは、天保座の座元である以上、日常のことだ。

「ちっ。おぬしのその商人《あきんど》言葉、気色悪いわ。まさか、武士の魂まで売っちまったわけでもあるまいに」

樋口は顎を扱きながら、じっと睨みつけてくる。髭《ひげ》は綺麗に剃ってある。

「いやいや、あっしには士分は重すぎました。小芝居屋稼業ぐらいのほうが身の丈《たけ》にあっているというもので」

和清は丁寧に頭を下げた。

「俺は、そう思っちゃいないよ。南町の植草勝之進と言えば、北町でも知らねぇものがいねえ名うての隠密廻りだったじゃねぇか。それが、いきなり、同心の身分を捨てて芝居小屋の小屋主になるなんざ、どうあっても信じられねぇ。何をこそこそやってやがる」

言いながら羽織の袖の下の銭を確かめている。

「へい。芝居好きが高じた成れの果てでござんす」

和清は、会釈をしてその場を立ち去ろうとした。

「和清よぉ。ちょっと聞きてぇことがあるんだがよ」

樋口が初めて、和清を現在《いま》の名で呼んだ。

「へい」

「今朝方、浜町の大川端で土左衛門《どざえもん》が五体も上がったんだがよ」

「はぁ」

和清は、浜町のほうを向いた。

「それでな、ゆんべ、おめえさんの小屋から大八車が二台出たのを見たって者《もん》がいるのさ。それだけじゃなく別な者は、その大八車を浜町でも見たっていう」

樋口の目が尖る。

「へい、そうですかい。確かにうちの大八車は、ゆうべ、使わなくなった小道具の箪笥《たんす》や襖を、横山町《よこやまちょう》の指物屋《さしものや》に戻しに行きました。あっしらのような小屋では、同じ材料で、いろいろ作り替えてもらうのでよく行き来しますが、土左衛門のことは知りませんが」

「指物師ってぇのは、横山町の誰のことでぇ」

食い下がってきた。

「『木闘庵《ぼくとうあん》』の橋蔵《はしぞう》さんのところですよ」

和清はしゃらんと言ってのけた。橋蔵は普通の指物師とは異なり、芝居の道具を作ることを主とする職人だ。

天保座の大道具の親方である半次郎は大工上がりだが、小物作りに関しては、橋蔵のもとで修業してきている。

「そうかい。おいっ銀次、ちょっくら横山町へ奔《はし》ってくれ」

「合点《がってん》でさぁ」

銀次はすぐに駆け出して行った。

樋口がにやりと笑う。

「どうぞお聞きになってください」

和清は平然と笑顔を浮かべた。橋蔵のところには実際に風呂桶を届けているが、すでに解体されているはずだ。侍の鬢《びん》の一本も残していない。

橋蔵は手筈通り、銀次に舞台で使っていた箪笥や飯台とそっくり同じものを見せることだろう。

「上がった屍骸《むくろ》が、襦袢や褌《ふんどし》だけだったてぇのが、俺は気に入らねぇんだ。ゆんべは蒸していたが、いくらなんでも着物は脱いで歩かねぇだろう」

樋口のはったりだ。

奴らの着物は川に流してある。すでに拾い上げているはずだ。ただし、脱げ方が不自然であったはずだ。

和清の出方を見たいのだ。

「さあ。あっしにはなんとも。どこぞの賭場《とば》ですってんてんにされて、簀巻《すま》きにもされずに放り投げられたのかもしれませんね」

空を仰ぎ見ながら答えてやる。

こんなとき同心は、相手の目をじっくり覗き込んでいるものだ。心象まで覗き込まれたくない。口ほどにモノをいう目は、出来るだけ自然に外したほうがよい。

「ゆんべは、もうひとつ屍骸が上がった。浜町の笠間稲荷の手前だ。駿府《すんぷ》詰めの旗本の奥方だったが、横山町の帰りに何か怪しい奴を見かけなかったかい」

およういう女は旗本の奥方ということか。

「いや、見かけませんでした。武家の奥方とあれば、目付のほうでござんしょう」

和清は空惚《そらとぼ》けた。

「自害だよ。夫の駿府詰めが長過ぎて、ひとりでいるのがいやになった、と。まあ、そのあたりのことは伏されて、病死で落着だろうよ。けどもよ、なんで道端で自害したのかねぇ」

樋口は顎を扱いた。

「そんなことはあっしなどにわかるはずもござんせん」

そう言った瞬間、樋口に目をじっと覗き込まれた。笑みをうかべてやる。

「ふん。まぁいいさ。いいか天保座。芝居の筋書きのように、世の中は騙《だま》せぇねえぜ。いまにてめえの正体を暴いてやるさ」

樋口が袂から一朱銀を二枚取り出して、眺めながら欠伸《あくび》をした。

「まったくなんのことですやら。急ぎますので」

和清は涼しい顔で会釈し、歩き出した。

鶴庵の帰りに蛎殻町《かきがらちょう》の按摩《あんま》屋で、半刻ばかり背中と腰を揉《も》んでもらおうと思う。

二

どうも最近、裏仕事をすると肩と腰が凝《こ》るようになってしまった。

それから三日後のことである。

「雪之丞、そこの科白《せりふ》は、もう少し大げさにやってくれねぇか。本物の俠客《きょうかく》が半端者《はんぱもの》を懲《こ》らしめる見せ場だ。大見得《おおみえ》を切る感じで演《や》ってくれ」

客席側に立った和清は、舞台に向かって声を張った。

「はい。ちょいと間をください。いま動きを思案してみます」

舞台中央で、三升《みます》柄の浴衣《ゆかた》の片袖を抜き虎の彫《ほ》り物《もの》を見せている瀬川雪之丞が、天井を向いて考え込んだ。

男伊達《だて》の俠客、浜町の長兵衛《ちょうべえ》の役だ。

新作『半愚連成敗《はんぐれせいばい》』の立ち稽古である。

下手の隅では市山団五郎が匕首《あいくち》を構えて、片膝をついていた。

こちらは手代崩れの荒くれ者、佐平《さへえ》に扮している。

「そっちはやけのやんぱちの気分をだしてくれ。ただし出鱈目《でたらめ》に匕首を振り回しながらも、泣きの仕草があったほうがいい。そのへんは世話物調だ」

和清は団五郎にも注文を入れた。

「へい。差詰めこの佐平ってぇのは、己の運命《さだめ》を呪《のろ》ってのこと、というところでしょうか」

団五郎が役柄を確かめるように、和清の方を向いた。

「その通りだ。あえて科白にはしねぇが、そいつは『どうせ跡取りになれるわけでもなし、所詮厄介者《やっかいもの》だ』という心情なのさ」

芝居で武士を揶揄《やゆ》することは御法度なので、件《くだん》の旗本奴を豪商の次男、三男に置き換えた筋書きにした。

成敗するのも町方ではなく俠客だ。

「座元、いっそここであっしが、こんなふうに、飛ぶっていうのはどうでしょう」

雪之丞が、たんっと舞台を蹴り、三寸（約九センチ）ほど上がったところで、両手を開いて見得を切った。

「この半愚連めがっ」

と言ってすとんと落ちる。

「飛びの間がみじけぇな。それに高さもねぇ」

和清は首の裏を掻いた。

どうも外連味《けれんみ》が出ない。

「では、これではどうでしょう」

雪之丞が舞台上手に発条板《ばねいた》を置く。助走をつけて、たっ、と発条板を踏むと、天井近くまで舞い上がり、そこで猫のように宙返りをして、団五郎の前に飛びおりた。団五郎は驚きのけ反った。

「そいつぁ、すげえや。けど芝居では早すぎる。実戦では使えるがな」

芝居作りは難しい。

実際とは異なり、客の目を楽しませる間がいる。

和清は腕を組み、考え込んだ。

「座元、いっそ雪之丞を綱で吊るすってぇのはどうでげしょうね」

同じ客席側にいた半次郎の声だ。

「半次郎さん、それは妙案だ。けど綱じゃ面白くねぇ。客からは吊っているのが見えねぇぐれぇの細糸っていうのは無理ですかい」

和清は目上である半次郎には必ず敬語を使う。

へりくだってはいるが、さらに高い注文も入れる。

「たとえば、釣り糸でやすね。操《あやつ》り人形のように何本も入れて、雪之丞が空を舞っているように見せることはできるでしょう。それなら天井から座元が好きなように動かせる。動きを覚えたら裏方が引き受けます。ただし、手間はかかります。衣装に金具をたくさん付けねぇとならないね」

半次郎が思案気に額に手を当てている。

「いや、それは堪忍してください。あっしは人形じゃない。操られるのではなく、自分で舞いたいですよ」

雪之丞がむくれた顔をした。

それもそうだ。

雪之丞の華麗な舞いは、操ってできるものではない。本人が思うがままに舞ってこそ美しく映えるのだ。

芝居作りはいつもこうして試行錯誤のうえに練り上げられていくのだ。

小屋全体に活気が漲《みなぎ》り始めたそのときだ。

閉めているはずの木戸が開き、お栄が渋い顔で入ってきた。

「どうしたい」

和清は顔を上げた。

「数寄屋橋《すきやばし》の使いが来ていますよ」

と、お栄が木戸口を指さした。

白髪交じりの弥助《やすけ》が腰を折ってこちらに会釈した。数寄屋橋の公事宿《くじやど》『桜田《さくらだ》楼《ろう》』の先代だ。隠居して三年、それは和清が町人になったのと同じ年だった。

「ちっ、いいところだっていうのによ。お呼び出しかい」

「ほんとだよ」

お栄もぷいと横を向く。

「あ～、弥助さんが、来ちまいましたか」

天井から吊り下がっていた雪之丞も覚悟の声をあげる。

裏方や他の役者たちも、まるで幽霊でも見たように大きなため息をついた。

弥助が悪党なわけではない。ただ言伝《ことづて》を頼まれてきたに過ぎないのだ。

「みんな、稽古を続けてくれ。金主からのお呼び出しとあっては、俺は断れない。ちょっくら行ってくらぁ」

和清は、筆と巻紙をお栄に預け、弥助の方へと向かった。襟《えり》を正す。

「ご苦労さんですな」

「旦那こそ」

弥助が憐《あわ》れんだ顔をする。

「さて、どこへ行けばいいのかな」

「へい、あっしがご案内します」

弥助と共に小屋を出ると町駕籠が二挺待っていた。

和清は、弥助に勧められるままに、後方の駕籠に乗った。

さて、どこへ連れられて行くのやらだ。

先の駕籠に乗る弥助は、粋の達人のような男で、さまざまな趣味に通じている。特に囲碁や将棋の腕前は、名人の域だそうだ。

しかも家業柄、公事（裁判）の例をよく覚えている。奉行所にも例繰方《れいくりかた》同心がいるのだが、時によっては弥助のほうがすらすらこたえられることがある。

特に出入筋（民事訴訟）における過去の例は、奉行にとっては、ざっくり先に聞いておいた方が、詮議の方向を決定するのに役立つ。

本公事（相続、土地の境界など）、金公事（金銭貸借など）、仲間公事（共同事業の配分など）の出入筋は、吟味筋（刑事事案）と異なり、詮議がややこしい。いきおい先例に頼ることになるが、同時に申出人の心情を知ることも重要であった。

筒井は、弥助をよく役宅に呼び、碁の手ほどきを受けていた。

同時に過去例を聞き、宿に泊まっている申出人の心情を知ろうとしていた。

申出人は、宿でのほうが素顔を見せるものである。弥助は、何気なく宿泊者たちと話をし、その申し出が正当であるか、あるいは狡《ずる》い魂胆であるかの目星をつけてくれるのである。そうこうするうちに、隠居の身となり、筒井の恰好の遊び相手になった。

　旗本の家に生まれ、能吏になるべくひたすら学問に打ち込んできた筒井にとって、優雅な趣味人でありなおかつ知識人でもある弥助は、粋への指南役のような人物なのだろう。

　遊び相手であると同時に、筒井の密使となり、さまざまな裏交渉に手を貸している。弥助は、それもまた粋な遊びと言っているらしい。

　そんな爺さんだ。

三

　揺られること半刻（約一時間）。

　和清を乗せた駕籠は、両国の回向院《えこういん》の前で止まった。縁日らしく山門の前からして賑《にぎ》やかだった。

　先の駕籠から降りた弥助が、双方の駕籠かきたちに銭を支払い、境内へと先導してくれる。

爽《さわ》やかな風に乗り、寿司、天ぷら、蕎麦の匂いが運ばれてきて、和清は食欲をそそられた。

鼻孔をくすぐる酢の匂いに堪《たま》らず、ついつい弥助を呼び止めた。

「一貫ずつ食わないかい。あっしの奢《おご》りだ」

笹の葉の上に並んだ中とろ、穴子《あなご》、烏賊《いか》の三点握りを指差していう。

「旦那、先を急がないことには。御隠居はお忍びですから」

弥助は困った顔だ。

「いいじゃねぇか。御隠居は、相撲が好きなんだ。じっくり見せてやればいいさ。差し入れに太巻きでも持って行ってやるさ」

本堂の横の葭簀《よしず》張《ば》りの小屋から歓声が沸き上がってくる。小屋の中で勧進《かんじん》相撲《ずもう》が開かれているのだ。

和清はさっさと銭入れを出し、三十文（約七百五十円）の握り三種を一貫と十文（約二百五十円）の太巻きを一本買ってしまった。

「旦那、すみませんね。ご馳走《ちそう》になります」

屋台の前に立って、弥助とふたり、ちゃっちゃっと、中とろ、烏賊、穴子の順に食った。旨《うま》い。

こうなると茶も飲みたくなる。

「大将、煎茶《せんちゃ》をくれ」

「へい」

と熱い煎茶を振舞われる。舌が痺《しび》れそうな熱い茶を、侍崩れだが江戸っ子を気取ってぐっと飲む。

「あっちっち」

それでも酢飯の後の煎茶は旨い。

とそこに、またいやな奴が現れた。

「勝之進、もとい和清っ。寿司とは景気がいいじゃねぇか。こちとらは、相変わらず貧乏同心のままだっつうのによ。町人はいいねぇ」

北町の樋口大二郎だ。屋台に並ぶ寿司を眺めて、にやりと笑う。

「これはこれは、樋口様、見廻りご苦労様で。大将、こちらにお好みで握ってやってくんなせい」

和清は素早く、屋台に一朱銀（約六千二百五十円）を置き、樋口の袖の下にも二枚放り込んでやった。

「おめぇ、本当に景気がいいんだな。芝居小屋がそんなに儲《もう》かるのかね」

樋口が顎を撫でながら、鋭い視線を向けてくる。

「とんでもありませんよ。カツカツでやっています」

と言いながら、弥助に目配せし、さっさとその場を後にした。

弥助は顰《しか》めっ面《つら》だ。だから寄り道などしない方がいいのに、という顔だ。

「あの同心、寿司を食っている間は、こっちのことを気にはしねぇよ。だからちょうどよかったのさ」

そそくさと歩きながら言った。

相撲小屋の前に進むと弥助が胸元から木戸銭御免の札をちらりと覗かせる。立ち番がすぐに筵を上げる。

「はっけよい。はっけよい」

行事の甲高《かんだか》い声が聞こえてきた。

土俵の上では、巨漢の力士ががっぷり四つに組んでいた。双方とも総身にたっぷり汗を浮かべている。

「花相撲のわりには、やけに力が入っているじゃないか」

弥助の背中に声をかけた。

「賞金のかかっている一番ではないでしょうか。何番かそういう取り組みが入っているんでしょうな」

ていると聞いています。そうじゃないと、だれるんでしょうな」

花相撲では力士は本気を出したがらないので、土俵が締まらない。

それでは博打《ばくち》にも熱が入らないので、興行を仕切る侠客一家が、何番かにひとつ、賞金をかけているらしい。客に本気でやっていると見せるためだ。

「力士も暑いのにご苦労なこった」

相撲の本場所は師走《しわす》（十二月）と如月《きさらぎ》（二月）に開かれることが多く、暑さでだるい真夏に、相撲の真剣勝負などありえない。

目の前でやっているのは、あくまでも寺の夏祭りの一環としての花興行。

つまり、芝居と変わらない。

それでも、賞金が手に入るとなれば、力士の目の色も変わるというものだ。

段々になっている桟敷席のかなり上の方へと進んだ。勧進相撲も宮地芝居同様、天井はなく見上げれば青空が大きく広がっている。

一番上の桟敷に、番頭風の小銀杏髷《こいちょうまげ》に紺地に花火をあしらった、粋な浴衣姿の老人が座っていた。和清はその横に通される。弥助はそこで引き返した。

「御隠居。髷をわざわざ結い直したのですか」

太巻きの包みを渡しながら言う。

「町人風の浴衣に、大銀杏では可笑《おか》しかろう」

南町奉行、筒井政憲のしわがれた声であった。奉行所の外で会うときは御隠居と呼んでいる。

「なかなかの役者ですな。本当に隠居しましたら、天保座を筒井様にお返ししますよ」

天保座はもともと、筒井の肝煎《きもいり》で買い取ったようなものだ。いまでも座の金主は紛《まご》うことなく南町奉行所なのである。

「いらん、いらん。せいぜいわしが奉行から離れる前に、一本立ちしておくんだな。いずれ官許はなんとかする」

「はい。ありがたいことです。それこそ同心を辞めた甲斐があるというものです」

ふたりの会話は、歓声にかき消されていた。東方《ひがしかた》の力士が寄りに出たところを西方《にしかた》の力士が、粘りにねばり、とうとううっちゃりで勝ったところだった。

客はやんやの喝采《かっさい》だ。

ここで、大関の稲妻雷五郎《いなづまらいごろう》の土俵入りとなった。

大御所へと退いた徳川家斉公が将軍だった時代、上覧相撲で土俵入りをした人気力士だ。

見物衆の目は土俵に釘付《くぎづ》けになった。これは密談には好都合だ。

「旗本奴については首尾よく始末をつけたようだな」

それでも筒井は声を潜《ひそ》めた。

「お許しをいただいたおかげです。彼奴《きやっ》らの黒い腹にたっぷり水を入れてやりました。これで、無辜《むこ》の職人が腕を斬られたり、町娘が無理やり弄ばれることも少なくなるでしょう。この一件で目付が動くことはありえますか」

和清は懸念を問うた。

「いや、詮議無用となった。それぞれの旗本家から、倅《せがれ》が酔って土手から滑り落ちたとの申し出があったそうだ。それぞれの旗本も倅たちの悪行は、うすうす承知の上だったのだろうよ。下手《へた》にほじくられて家名を汚してはならぬ、奴《やっ》らも穏便にすませたいということさ。まさにそのほうの思う壺だったのう」

筒井が太巻きを齧《かじ》る。

和清もそれを聞いて安堵《あんど》した。

町方の樋口ならば、ある程度手の内は読めるが、目付に動かれると何かと厄介だった。

土俵の四方から『よいしょっ』の声が飛んだ。

「では新たな芝居に入ってもらう」

筒井が静かに伝えてきた。芝居は忍び込み探索の符牒だ。

「舞台はどこでござんしょう」

「上野《うえの》の『満春寺《まんしゅんじ》』だ。そこに忍びこんでくれ」

「へっ」

さすがに驚いた。

そいつは町方の埒外《らちがい》だ。

和清が請け負う忍びや闇裁きは、お白州《しらす》で裁くなどまどろっこしい。極悪非道の限りを尽くす荒くれ者や幕閣や雄藩大名家と繫がり、私利を貪《むさぼ》る悪徳商人などがほとんどだ。

寺を的に掛けたことなどこれまでなかった。

「寺社奉行の管轄に踏み込むとは、度胸のいる話ですね」

「だから、おぬしに命じておる」

土俵入りの歓声の中で、筒井の声が僅かに大きくなった。

これは奉行よりも高いところから降りてきている話に違ない。差詰め、老中あたりであろう。

なるほど、これを命じるために、先に芝居町で暴れる旗本奴の闇裁きを許したということだ。

飴《あめ》を先に舐《な》めさせたのだから、火中の栗も拾ってこい、ということだ。

「探る中身とはなんでござんすか」

声が漏れないように背中を丸めて聞いた。

「色坊主を雇い、寺内で旗本の奥方や豪商の内儀や娘、それに御殿女中たちをも相手にしているという。時には国もとに戻っている大名の奥方や娘、それにその御殿女中もだ」

筒井の話に、和清はすぐに三日前の夜、浜町でのことを思い出した。

あの坊主が刺殺したのも旗本の奥方である。

それに空蟬で見かけた若い坊主たちのことも気になっていたところだ。

繫がりが、あるのかもしれない。だが、まだあの一件は伏せることにする。

「どなたかの不義密通の証でも、お探しで」

和清は冷やかし半分で聞いた。

役者買いと同様に坊主買いは珍しいことではない。上野の陰間茶屋に出入りするのも、男ばかりではないご時世だ。大奥女中やそこそこ稼ぐ芸者なら、吉原通いの男同様、ちょくちょく買いに行く。

坊主は役者の敵《かたき》のようなものである。

もっともそれが大名や旗本の奥方となれば、話は厄介だ。

不義密通は死罪である。

武家では密通をした妻を斬り捨てることが出来、間男が逃亡すれば探しだし女《め》敵討《がたきうち》にせねばならない。

夫が失脚するのは確実である。

言いかえれば幕府内の出世争いにも響く。

だれかの権力争いのための探索かもしれない。

「いやいや不義密通の証などどうでもよいのだ。女が間諜《かんちょう》に仕立てられているかどうかを知りたいのじゃ。特にどこぞの旗本家や大店の内儀や娘が落とされておらぬか、探って欲しい」

筒井が咳ばらいをしながら言う。

大関がゆっくりと土俵を降りて行くところだった。

「裏同心時代ならばとにかく、御裏番が動くほどの大義が見えませんが」

和清は、旗本奴退治の際に言われたことへの皮肉を滲《にじ》ませた。

「倒幕派の動きあり、だ」

筒井が耳打ちしてきた。

「なんと」

「大坂《おおさか》の大塩平八郎《おおしおへいはちろう》の乱は、所詮与力の仕業《しわざ》だったので収まりも早かった。だが、どこぞの大名が動くとなると違う。その端緒が満春寺にありそうだ」

「御庭番からの報ですか」

和清は昂《たか》ぶりを抑えるために、自ら持参してきた太巻き寿司に手を伸ばした。

御庭番が悪事を聞き込み、御裏番が始末をするというのが本筋なのだが、御城の中の事情は少々は異なる。

御庭番は本丸付きで、御裏番は西の丸付きなのである。

曾祖父吉宗《よしむね》公が創設した御庭番は、代々将軍直轄となっているので、当代家慶《いえよし》公の耳目となっている。

大御所に退いた家斉公は、これに代わる私兵として、昵懇《じっこん》の筒井に、御裏番を創設させたのだ。しかも御庭番のような間諜だけではなく、闇裁きの任まで持たせた。

筒井は自らが陰で使っていた裏同心一座天保座を、御裏番として西の丸に差し出したのだ。

「御庭番の中にも、僅かに大御所につく者が残っていた。それが、徳川に弓を引く者がいると知らせてきたのだ」

「家慶公やその側近はいかに？」

そちらも動くことだろう。

「その御庭番は、本丸には伝えてはいない。むしろ漏れると、大御所が危ないという読みだ」

「なるほど」

和清は合点がいった。

老中はじめ幕閣の中には、御代替わりをしたにもかかわらず、実権を手放そうとしていない家斉公をこころよく思っていない者が多い。

なによりも実子である家慶公が、思うようにさせてもらえず、苛立《いらだ》っているという。すでに御年四十五である。

自分なりの政《まつりごと》をしたいはずである。

「一揆などを起こすのではなく、旗本や大名の奥方や子女、それに豪商、豪農の嫁、娘を籠絡したら何が起こると思う？」

筒井が謎を掛けてきた。

旗本は所領地は小さいが幕府内で様々な番方《ばんかた》、役方《やくかた》についている。奉行職や組頭級の奥方や娘を色仕掛けで虜《とりこ》にすれば、使い道はさまざまである。政に関する機密を引っ張り出すこともできる。

豪商、豪農は、大名や旗本に金子《きんす》を用立てていることもあり、重臣に気脈を通じている家も多い。

そこから、政の大事が漏れないとも限らないわけだ。

「御城《おしろ》の中が切り崩されるやも……」

いわゆる内部の乗っ取りだ。

「俺も、そういう気がしてならねぇ。討幕を仕掛ける者や、その狙いはおそらく満春寺を調べりゃ、見つかるだろうさ」

筒井が町人言葉になった。

すぐ傍を相撲茶屋の小僧が通りがかったからだ。仕出しの弁当を運んでいた。

「筋書き書は出来ているんでしょうか」

この場合筋書きとは、仕掛け方の指示書である。

「あらすじはな。適当に手を加えろ」

「そいつはどこで受け取れますか」

「山門前の茶屋で待て。若い芸人が持参する」

場内を茶売り女も回っていた。ただし相撲取りのような身体つきの女たちばかりだった。

「わかりました」

「この太巻きはうまかったぜ。ありがとさんよ」

筒井が腰を上げた。

「へい」

次の取り組みが始まろうとしていた。

東方がひょろりと背の高いそっぷ型。西方が腹の出たあんこ型。

『荒神一家《あらがみ》』の印半纏《しるしばんてん》を着た三下《さんした》が、桟敷内をうろうろしていた。置き引きや掏摸の見回りと見せかけて、賭けを募っているのだ。

和清はこれを呼んで、運試しに西方のあんこに二朱銀（約一万二千五百円）を賭けた。

符牒になる花札を貰う。『松に鶴』の絵柄だった。

勝てば倍取れる。

そっぷ型のほうがいかにも足腰が強そうに見えるが、そこに罠《わな》がある、とみた。

双方三度、塩を撒《ま》き、いよいよ立ちあいとなった。

そっぷが突っ込んだ刹那《せつな》に、あんこが横に飛び、はたき込んだ。そっぷは、あっけなく両手を土につける。

瞬《まばた》きする間もなく勝負がつき、和清は勝った。

小屋全体が揺れるような悲鳴があがる。かなりの客が、すったようだ。

うっちゃりの次にうっちゃりはない、のだ。

筋書きを読めばわかることであった。

所詮は花興行である。がちんこもあれば、仕込みもある。

客に一番前のうっちゃり勝ちを見せておいて、いかにもその技をやりそうなそっぷ型の力士を登場させたわけだ。

間《あいだ》に大関の土俵入りを挟んでいるのが、これまたなかなかの仕掛けだ。あからさまに仕込んでいる気配は与えない。

頭にぼんやりと、うっちゃりの様子が残ったまま、博徒に声をかけられた客の多くは、東方に賭けたくなる。

興行元はここで力士にかけた賞金をがっぽり回収するのである。

世の中は芝居だらけの化かし合い。

額の汗をぬぐい、桟敷を降りた。木戸の横で荒神一家の三下にこっそり勝ち札を渡すと、渋い顔で、袂に一朱銀を四枚放り込んできた。

これぞあぶく銭である。

境内に出店を張る土産物屋で柘植《つげ》の櫛《くし》を二本買う。お栄とお芽以へのよき土産になる。

四

山門近くの水茶屋に腰を下ろした。

腰の曲がった婆さんに汁粉を頼む。

裏で一日中、煮立てているとみえてすぐに運ばれてきた。やたら甘い。

茶も頼む。これは熱かった。

おけさ笠を被り、手に三味線を持った芸人が近づいてきた。

「天保座の和清さんで」

「そうだが」

見上げれば、まるで美人画から抜け出してきたような顔立ちである。逆の意味で顔を隠して歩かなければならないのだろう。

「なりえと申します」

「門付《かどつ》け芸人かい」

身なりから察してそう尋ねる。要は流れ者である。天保座にはうってつけだ。

「はい」

「いまの住いは」

と聞く。

「数寄屋橋の桜田楼さんに、お世話になっております」

なりえが苦笑した。

筒井があえて差し向けてきた芸人のようだ。使ってみてはどうか、ということだ。

「公事宿で三味線とはな」

和清は、横にかけるように促した。

なりえが緋毛氈を敷いた縁台に腰を下ろした。

「公事宿は難しいことを抱えた泊り客ばかりです。そこで少しは安らいでいただこうというお宿の意向で、あたしが夕餉《ゆうげ》どきに中庭に茣蓙《ござ》を敷いて弾かせてもらっております。お客さんからの祝儀はもらわず、座敷にもあがりません。あたしらは土の上の芸人ですから、畳の上の芸者さんとは、きちんと線が引かれております。そのぶん、蒲団部屋に寝かせてもらい、朝夕も賄《まかな》い付きで」

「なるほど。汁粉でもどうだ」

「あたしは、よろしければ草団子と番茶をいただきます」

「おうっ、それにしな。で、生まれはどこだい」

婆さんに注文を入れながら、さりげなく身の上を聞く。

「柳橋です。箱屋の婆さんに育てられ、三味線は見様見真似で覚えました。婆さんの話では、おとっつあんは俠客、おっかさんは女掏摸《すり》だったそうで、どっちに転んでもろくでもない血筋でござんすね。赤子のあたしを、近くの長屋にいた婆さんに預けてとんずらしちまったっていうんですからね、ひどいもんですよ」

なりえは照れくさそうに笑った。だが妙に清々《すがすが》しいのだ。

それが妙だ。

「都合の悪いことを、俺なんかにさらっと言うのはなんでだい。人に聞かせるには、もっといい話に仕立て直してもいいじゃねえか」

和清はさらに突っ込んで聞いた。

人は誰でも、よく思われたいものだ。

特に流れ者ほど己を大きく見せようと、はったりをかます。

「他では、あたしゃ、さる大名と両国芸者の間の娘なんだよ、なんて啖呵《たんか》切ってますがね。天保座の旦那は、桜田楼の先代と昵懇の仲でござんしょ。生い立ちを飾り立てたところで、じきにばれるっていうもんです」

あっけらかんと言う、なりえの横に草団子と番茶が運ばれてきた。大名の落とし胤《だね》は、流れ者の常套句《じょうとうく》だ。

「桜田楼に上がるようになったのはどうしてだい」

根掘り葉掘りになった。

なりえは少し沈黙した。

事情がありそうだ。

「掏摸で、岡っ引きに引っ立てられたんですよ。どうしても銭が回らなくなりましてね。身を売ればどうにでもなるんですが、どうもその気になれなくてね」

「それで掏摸を働いたのかい」

「はい。人の家の門の前で、三味線掻き鳴らしてお恵みをもらうよりも、人ごみですっと抜いたほうが手っ取り早いです。誰に教わるということもなく、すぐにできました。けど一度覚えるとだめですね。癖《くせ》になります」

と、なりえは人差し指を鉤形《かぎがた》に曲げて見せた。

「で、どこで捕まった」

「浅草の寄席ですよ。抜いた相手が桜田楼の先代弥助さんで、並んで座っていたのが岡っ引きの又三郎《またさぶろう》さんでした」

「それは相手が悪かった」

又三郎は弥助の腰巾着だ。

「それで、番所に連れて行かれたんですが、弥助さんが身元を預かるということで、引き出してくれました。なんでも南町の御奉行と繋がっているそうですね。それであたしは、桜田楼に引き取られたわけですよ。はい、財布に入っていた銭も恵んでもらいました」

言い終えて、なりえは番茶を啜《すす》った。

よく出来た話だ。

それを、このなりえという芸人は、立て板に水のごとく語った。

筒井の差し金であることが理解できた。天保座に見張りを入れたいらしい。弥助ではなくこの女を使いによこしたのは、そういうことだろう。

和清としても掏摸がひとり欲しかった。

「どうだい、あんたあっしの一座で、地方《じかた》をやってみねえかい」

さっそく水をむけてみる。

「師匠についたこともないあたしが。板の上にあがれるんですかい」

なりえは驚いた顔をした。目を丸くさせている。芝居も上手い。すぐに乗ってこない、この間の取り方もなかなかよい。

「あぁ、曲がりなりにも芝居小屋だ。板の上に上がってもらう。うちにいるのは、いずれも無手勝流で芝居を覚えた者ばかりだ。とはいえ、うちは野郎芝居だ。弾いてもらうのは舞台袖の囲いの中だがな。それでもいいんならな。三味線弾きだけではなく」

「いいも悪いも、あたしにとっては極楽に呼ばれたようなものですよ。そりゃ、よろこんで」

なりえが頭を下げた。

「なら、本題に入ろうか。弥助さんから筋書きを預かって来たかい」

「はい、ここに」

なりえが三味線の袋から、双紙を取り出した。

表に『安兵衛《やすべえ》不忍池決闘《しのばずのいけのけっとう》』とたいそうな題名がついている。

「堀部《ほりべ》安兵衛の猿真似芝居かよ」

和清は笑った。題目もいつも筒井が考えている。

指に唾をつけて捲《めく》った。

第一幕『不忍池』。

いかにも生真面目な筒井の性格を表すかのように、この幕の肝が書かれている。

『満春寺に坊主を送り込んでいるのは口入れ屋の清太《せいた》。

この男は、不忍池の界隈にたむろする陰間の中から、格別に色気のある者たちを探し出し、むりやり剃髪させては満春寺に送り込んでいる。

陰間が逃亡したり、女から直引《じかび》きされたりするのを防ぐため、陰間たちに阿片《あへん》を吸わせているという噂もある』

かなり面倒くさいことが書いてある。

つまりは阿片についても調べがいるということだ。

『和清と雪之丞で、まずは陰間の商売荒しをなさい。揉めごとを起こすと、必ず清太が出張ってくる。そこでうまく立ち回り、清太の配下に入るのだ。そうすれば満春寺に忍び込む道がみえてくる』

　うまく立ち回れとは、ざっくり過ぎはしねぇか。

　不忍池のあたりは、町奴の『黒虎連《くろとられん》』が仕切っている。俠客も手を焼く連中だ。こいつは大立ち回りになりそうだ。

「なりえ、明日にでも上野の口入れ屋で清太っていうのを探し出し、人相とその性分を探ってくれねぇか」

　だしぬけになりえに頼んだ。

「それは、どういうことですか」

　当たり前だが、なりえはきょとんとしている。

「芝居の種《たね》にする」

　短く答えると、なりえが頷《うなず》いた。

　多くを語らずとも、この女は上手く調べてくるだろう。そのうちこのなりえの真実の素性も明らかになるはずだ。

　あんがい筒井の隠し子ではないか。

和清はそう踏んでみた。

弥助はそれを知って引き受けた。

岡っ引きの又三郎は、うまく出しに使われたのかも知れない。筒井の書いた筋書きだ。そう考えると、なにかと辻褄《つじつま》があった。

しまいに天保座に押し付けた。そういうこってはないか。

さらに紙を捲ると新たな幕になっていた。

第二幕『満春寺』。

いきなり山場になりやがった。

そこにいたる芝居運びってものがあるだろうが、すべて省略されている。口入れ屋の清太の下に入ったら、いきなり坊主になるってことでもあるまい。

さきに陰間で働かされるのではないか。

和清としては、色を売るのだけは何とか避けたかった。しかも和清も雪之丞も男色についてはいささかの癖も持ち合わせていない。

この辺の躱《かわ》し方なども、雪之丞とじっくり練らねばなるまい。

策がないわけではない。

この幕の肝も書いてあった。

『客がどこのだれかも大事だが、満春寺の住職とその背後を知るのが先だ』

討幕と謀《はかりごと》の有無を知ることが先決ということだ。

和清としては客にも充分関心がある。どこの家の者かによっては、のちのち大事に至る。

『満春寺はもともと臨済宗《りんざいしゅう》であったが、二年前に唐突に虚無暗宗《こむあんしゅう》に宗旨替えをしている。京から来た黒堂《こくどう》と名乗る僧が、元の住職から寺の株を買い取ったそうだが、寺社奉行は、普化宗《ふけしゅう》の類型としてあっさり認めてしまった。その黒堂の素性がわからぬ』

筒井はそう書いている。

それは怪しい寺だ。

そもそも虚無僧は他宗における僧とは異なる。尺八《しゃくはち》を法器と称して托鉢して歩いているが、物乞いに近い者たちで、厳密には僧侶ではない。

近頃では浪人が深編笠を被り虚無僧の装束をつけて、無頼を働く事例も多くあるほどで、幕府は虚無僧そのものに禁止令をだそうとしているほどだ。

なぜ寺社奉行は満春寺の虚無暗宗への宗旨替えをあっさり許したのだろう。

そのあたりに、町奉行の筒井が和清に探索を命じてきた理由《わけ》がありそうだ。

さらに捲ると『満春寺の絵図』があった。

黒堂に買い取られる以前の檀家から手に入れたものだという。これは助かる。

舞台の大きさや構造が分かれば芝居もしやすくなるというものだ。

『ちなみに虚無暗宗になったことからそれまでの檀家はすべて他寺に移ってしまった。寺は喜捨《きしゃ》によって賄われているという』

女たちから巻き上げているのではないか。

和清は空を見上げた。

青空に入道雲が立ちはだかっていた。

あの雲をどかして、青空だけにせねばなるまい。

「なりえ、帰るぞ。桜田楼に荷物があれば回って取りに行くか」

「いいえ、着たきり雀でござんす。この三味線だけがあれば、どこへでも」

なりえが三味線の袋をぐっと握りしめてみせた。

「なら、駕籠で帰ろう。天保座がおまえさんの新しい家だ。嫁ぐまでいるといい」

「それでは生涯いることになりそうです」

「それもいい」

回向院の前で町駕籠を雇い、葺屋町へと戻った。

五

和清と雪之丞は、葛飾《かつしか》にある弥助の隠居屋敷を借り、役作りに励むことにした。

弥助は、この間、わざわざ公事宿の離れに戻ってくれている。

満天星《どうだんつつじ》の生垣に囲まれた二百坪の敷地に建つ、草葺き屋根の百姓家風の家だ。弥助が庭の花を愛《め》で、凝《なま》り始めた糠漬《ぬかづけ》を楽しむ家であった。

ここで和清と雪之丞は艶めかしくも、腕っぷしの強い流れ者の役を身につけなければならないのだ。

特に暗い艶めかしさを醸《かも》し出すのが難しい。

二十二の雪之丞よりも、三十路《みそじ》を過ぎた和清のほうが根気のいる役作りになった。

和清は女衒《ぜげん》、安兵衛という男に扮する。

秩父《ちちぶ》の山里や安房《あわ》の漁村から女を買い集め、吉原や品川《しながわ》、内藤新宿《ないとうしんじゆく》、板橋《いたばし》、千住《せんじゆ》の四宿《ししゆく》に女を斡旋しているという役だ。

しかもこの女衒安兵衛は実在するが、いまは小伝馬町《こでんまちよう》の牢に入っている。

賭博に嵌まって借金が嵩《かさ》み、盗みを働いたところを捕まったのだ。

筒井の筋書きに登場する人物は、必ず実在する。それも容易《たやす》く身元が判明しない者を選ぶ。この安兵衛が捕まったことを知る者は、江戸四宿の岡場所にもいない。

女を集めるために、諸国を回っていると思われているからだ。

すると誰かが、和清の人相書きを描いて、聞き込みに歩いても、

『そいつの名は、聞いたことはある。危ねぇ奴だったようだな』

『たしか、お縄になったはずだぜ』

『ずいぶん前に、ここからは消えたって話だぜ』

『人相は、おぉ、そんな感じだな。確かにこの顔だ』

と、なるわけだ。

そもそも和清も雪之丞も、化ける相手の実物を描いた人相書きを見ている。

そのうえで化粧し、口調、手癖、歩き方までも、生き写しのように真似るのだ。

筒井の筋書きには、その細かい様子まで書いてある。

雪之丞のほうは、岩槻《いわつき》の寺で稚児をしていた朝若《あさわか》という若者の役だ。

十二歳のときに練馬《ねりま》村の豪農に身請けされて養子になったが、二年で逃げた。

その後、旅芸人の一座に紛れ込み諸国を回っていたが、一年前江戸入りした際に侠客の情婦との密通が発覚し、闇討ちに遭っている。

討ったのは寝取られた侠客だ。

齢《よわい》二十一であった。

すでにこの世にいない若者だが、逝ったこと自体が知られていないので使えるわけだ。筒井はおそらく、与力の始末書にあった顚末を読み、頭に叩き込んだのだろう。人相書きも残っていたに違いない。

討った侠客は、情状察するところがあったらしく死罪ではなく、遠島となっている。情婦は場末の岡場所に落ちているという。

安兵衛と朝若は、内藤新宿の安宿の、賽子博打《さいころばくち》の場で知り合ったという筋をくっつけている。

義兄弟になった関係だ。

役柄をきっちり身体に染み込ませるまでに、二十日はかかる。

その二日目だ。

「兄《あに》さん、食らえっ」

満天星の生垣に囲まれた庭で、筋書きを読み返していた和清に、不意に縁側から、雪之丞が棒切れを振り上げて飛び降りてきた。

本能的に和清は横に飛び、草の上に落ちていた細い朽木《くちき》を拾い、下から上へと切り上げるようにして雪之丞の棒切れを叩いた。

「うわっ」

棒切れが、曇り空に向かい、風車のようにくるくると舞い上がっていく。

雪之丞は、宙で均衡を崩したが、いったん猫のように身体を回してから、湿った草の上にきちんと着地した。

さすがである。

棒切れは塀際に積まれた薪《まき》の上にかたんっと音を立てて落ちた。

「安兵衛兄さん、あっしは旅の一座とはいえ役者の見立てですから、いまのようにトンボを切っても疑われませんが、女衒があんな剣術使いのような形はとらないでしょう」

額に汗を浮かべた雪之丞が、口を曲げて言う。

「すまん。まだ安兵衛が身体に入っていない。いかんな」

和清は空を見上げた。

少し苦労しそうな役だ。

まだ女衒特有の冷徹さが心に宿っていないのだ。

女、それも年端《としは》もいかない娘を僅かな銭で、親から引き離し、苦界《くがい》に売り渡すなど、人の心を持った者がやることではない。

その女衒を演じなくてはならないのだ。

気合を入れなければならない。

稚児出の役者を演ずる雪之丞が楽そうに思える。

「朝若も少し芝居が華麗すぎるんじゃねえか。旅回りの役者なんざ、もっと泥臭えもんだ」

負け惜しみを言う。

「違いないですね。あっしもこのところ、ちやほやされ過ぎていた」

雪之丞が自戒を込めた笑いを浮かべ、落とした棒を拾いに行った。

「形より、気持ちを入れなおすとするか」

「はい」

「朝若、今日から三日ばかし断食だ。それでも場当たりはきちんとやる。ただし湯にも入らねえ」

「へい。兄さん、それがいいでしょう。いったん餓《う》えねぇと、性根が据えられませんや」

　同じ気持ちのようだ。

　その時からふたりは何も口にせず、咽喉《のど》が渇《かわ》けば甕《かめ》に溜まった雨水を飲み、どうしても腹が減って動けそうになくなると、草や花を摘まんで食べた。

　安兵衛と朝若が、それなりに食っていけるようになるまでに送った日々とはそんなふうだったはずだ。

　生きるのが精一杯だった者は、とことん冷徹になれる。

　ひとつ手順が違えば、己が地獄を見ることになるからだ。

　三日前まで稽古が終われば、役者も裏方も一緒に車座になって夕餉をとっていたので、ふたりとも空腹になれていなかった。

　三度の食事がないと、一日の間に、区切りがつかないことも改めて思い知った。

　和清も雪之丞もどこかで、食事を楽しみに稽古や芝居に励んでいたのだ。

『そろそろ飯にしないか』

と言う一言《ひとこと》が入らない一日は、実に殺風景だ。

女衒になった安兵衛、そして稚児から囲い者、旅芸人になった朝若は、一本立ちするまではそんな殺風景な世間しか見ていなかったのではないか。

沸々《ふつふつ》とそんな気持ちが湧いてくる。

おそらく色の付いていない景色だ。

三日が経《た》った。

ふたりとも頬がこけ、無精ひげが生えていた。

「朝若、まだこんなもんじゃねぇよな」

「兄さん、そうですね。あのふたりはこんなもんじゃねぇでしたでしょう」

「人の握り飯を平気で横取り出来る心持ちってぇのは、こんなもんじゃゃわからねぇよな。まだまだ続けるぜ」

和清はそう言い切った。

とことん餓えてみないことには、鬼の気持ちは出てこない。どこか形だけの芝居で終わる。

舞台の上の芝居ならば、しくじっても明日があるが、裏の芝居ではしくじりは許されない。役になり切らねばならなかった。

十日目になると、目に映るものから、徐々に色が失《う》せ始めた。

真《まこと》の様子ではない。空は青で、木々は緑だと一点だけを見れば答えは出せる。

だが心に映る景色はすべて色がないのだ。

雪之丞を見ると、同じように目の色が淀《よど》んでいた。

お互い、ここ数日、笑わなくなった。声もかけ合わなくなった。黙々と取っ組み合い、棒切れで叩き合い、ある時は本気で殴り合った。

凶暴になることで、束の間空腹を忘れるのだ。

お互いの顔は腫《は》れ、身体中に傷がついた。

痛みで眠れない夜が始まった。

泥水を飲み、土や木の枝まで齧った歯が黄色になった。

もちろん、この七日、濯《すす》ぎも磨きもしていない。

十三日目。

庭で本気で殴り合っていると、とうとう雪之丞が気を失った。いくら頬を張っても起きない。

死んだか。

「おいっ、雪っ、目を覚ませ」

和清はのろのろと土間に向かい、水甕から飯炊き用の水を汲み上げ、鍋に入れて庭に運んだ。

雪之丞の顔にざっとかける。

と、微《かす》かに息が戻った。

さらに水をかけ続けると、口が開いた。

和清は己も、久しぶりにまともな水をごくごくと飲んだ。

生気がわずかに甦る。

土間に戻り、弥助が趣味でこさえている糠漬の甕の蓋を取る。さすがに堪《こら》えきれなくなっていた。

糠に塗《まみ》れた大根と胡瓜《きゅうり》を手に取り、まずは己が齧る。生きた心地がした。

雪之丞のもとに急ぎ、口の中へ胡瓜の尖端《せんたん》を入れてやる。

とたんに雪之丞は獰猛《どうもう》な獣のように、がりがりと齧りだした。

「兄さん、ありがてぇ、ありがてぇ」

涙を流しながら食っていた。

「どうやら、こういう関係らしいな」

「よしっ。飯にしよう。ここからはふたりが組んで、町奴の縄張りを乗っ取りにいくっていう芝居の稽古だ」

「そのようで」

演ずる人物の根本がわかれば、先の芝居はついてくる。

この先は、その人物がどう考えて立ち振舞うのか、ということに思いを馳《は》せることだ。

ふたりで飯を炊き、沢庵と味噌だけで、たらふく白飯を食った。

久しぶりに、髭を剃り、口を濯《そそ》いだ。

お互い、いい具合に頬が削げ落ちている。飯の食い方は粗暴になっている。

「二度と、食えない暮らしには戻りたくないでしょうね」

雪之丞が、飯粒をあちこちに溢《こぼ》しながら言う。

「俺たちがこれから出会う奴らも、そんなもんだろう。せんだっての旗本奴とは、育ちも気質も違う」

それからふたりで、筋書きを読み返し、先の芝居を何度も練り直した。

時々の場面によって、即興で科白も動作も変えなければならない。

その例を、何通りも作り、確かめ合った。

和清は喧嘩の仕方も、武士崩れではなく、やくざ者風の無手勝流が板についてきた。この男ならこう動くという、動作の原理のようなものが身体に入ったのだ。

十七日目。

蒸し暑い日だった。

かねてから決めていたこの日の昼四つ（午前十時）。

千楽が、手土産《てみやげ》の草餅を持ってやって来た。

「千楽のおっさん、朝餉《あさげ》は食ったのかい」

縁側に腰を下ろした千楽に、土間から上がった雪之丞が聞く。朝若になり切っている。

その顔を見て、千楽は凝然となった。

「頬が削げたな。目つきも鋭い。色男に違いないが、やけに気味の悪い顔だ」

朝の剣術稽古を終えて、一寝入りしていた和清が、寝床から出ていくと、千楽はさらに驚いた顔をして、縁側から落ちそうになった。

「座元、怖すぎますよ」

「そんな顔をしねぇで。稽古をつけてくれよ。それが仕上げなんだ」

和清は笑顔を作った。

「目が笑っていませんね」

千楽は渋い顔のまま、扇子と手拭いを取り出した。

どうにか役に染まったようだ。

さらに芝居に磨きをかけるために、元噺家の千楽から、落し噺をいくつか貰っておくことにしていたのだ。

話芸は、ときに武器になる。

二日つづけて、千楽に出向いてもらい、滑稽噺《こっけいばなし》、人情噺をそれぞれ二本、小噺を十本ほど口伝《くでん》してもらった。

千楽はふたりの覚えの速さに舌を巻いた。

帰り際、千楽が一枚の人相書きを出してきた。

「新入りのなりえがこれを座元にと。あの娘、方々に出歩いていますが、よいのでございますか」

見ると、人相書きの脇に、口入れ屋の清太と一筆入っていた。

「あぁ助かった。こいつは的《まと》のひとりでね。なりえに人相を探ってもらっていた」

「いったいあの女は何者で」

「いずれ種明かしをするさ、まぁ千楽さんの娘がひとりふえるってことだ」

「そいつぁいいいっ」

と千楽は、扇子で膝を打ち、帰っていった。

それから和清と雪之丞は、最後の仕上げに、もういちど断食をして、身体を絞った。

和清の粋な町人髷も月代《さかやき》にすっかり毛が生え、浪人のようになっていた。


稽古二十日目。

屋敷の掃除をし、八つ半（午後三時）ふたりはそれぞれの衣装を着、懐に小道具を収めると、葛飾の隠居屋敷を出た。下谷《したや》へ向かって歩き出す。

下谷の広小路《ひろこうじ》まで歩くには、一刻（約二時間）以上もかかる。

だが駕籠を使う気はなかった。

歩くことで埃《ほこり》を被り、汗を噴きだし、流れ者らしさが出る。最後の仕上げだ。

荒川《あらかわ》を渡り、千住辺りまで歩く頃には、すでにふたりから東山和清、瀬川雪之丞の面影はまったく消えていた。

第三幕　蔵屋敷の怪

一

申《さる》の刻《こく》（午後四時）。

下谷の広小路に到着した頃には、ふたりはすっかり安兵衛と朝若になり切っていた。真昼の強い日差しに照り付けられ、街道の土埃をたっぷり被った。

それでも役柄である女衒と若衆の放つ妖《あや》しい色気はきちんと纏《まと》っていた。

茜空《あかねぞら》に煌《きら》めく鰯雲《いわしぐも》がたなびき、傾きはじめたお日様が、上野のお山の半分だけを照らしていた。

「朝若、一杯、引っ掛けながら、ちょっかいだそうじゃないか」

和清は口元で猪口を呷る仕草をして見せた。

「へい」

雪之丞が色気と憂いをたっぷり含んだ笑みを浮かべる。

裏芝居。いよいよ一幕目の幕開きだ。

寛永寺《かんえいじ》の門前町であるこの界隈は、朝から昼にかけては参拝客でごった返すが、黄昏時《たそがれ》ともなれば、妖しい男女が蠢《うごめ》く一角に変貌する。

両国、浅草、芝居町と並ぶ遊興の名所だ。

だが他と比べてどこか陰がある。

文字通り陰間の町だからだろう。

陰間とはそもそも歌舞伎で舞台に上がれない修業中の若手役者のことで、『陰の間』の役者と呼んだのだが、食えないので、男色を売ったのが始まりだ。

物事すべてに陰陽があるように、遊興の里にも陰と陽があるのだろう。

両国や芝居町は『陽の間』。

対して、不忍池界隈は『陰の間』。

和清は、そんなふうにも思ったりした。だが、人の性癖は千差万別だ。どちらが上なのかなどは、ないのかもしれない。

和清たちは池之端《いけのはた》に進んだ。

色香がさらに濃くなる。

不忍池の畔《ほとり》には出合茶屋《であいぢゃや》や立派な料亭が居並んでいるが、その間を埋めるように小体《こてい》な四文屋《しもんや》や立ち飲み屋も数軒、建っていた。

いずれも間口が狭く、奥に細長い店であるが、通りから中が見渡せるようになっていた。

行き交う男や女が、そんな店の中を覗いている。

何度も行き来しては店を覗き、同好の士や陰間を探している編笠の侍や頭巾を被った僧侶も多い。

傾いているとはいえ、まだ陽があるとあって、女の客も歩いている。

座敷を終えた芸者や、商家の仲居風の女も多い。

女も陰間を買うのだ。

役者や力士を買うほどの銭も暇もない女も、この界隈でなら買える。特に二十歳を過ぎた陰間なら、三百文（約七千五百円）で一刻《いっとき》（約二時間）ほど楽しめる。

商家の仲居風の女は、近くの出合茶屋で待つ内儀や娘のために探しているのだが、ついでに自分も買って、池の畔で済ませてしまうこともあるようだ。

「目立つ店がいい」

和清は、伸び放題にした頭を撫でた。

目立たないと暴れ甲斐がない。

「兄さん、いい客を拾ってくださいよ。それもこっち、こっちだけで頼みます」

雪之丞は小指を立てた。

「当たり前でぇ」

そもそも天保座は、芸は売っても色は売らない。親指《おとこ》はもちろん、小指《おんな》も本来なしだ。

それにしても、不忍池界隈はややこしい。

美男子の雪之丞に熱い視線が集まるのは当たり前だが、並んで歩く和清にも、男たちが鋭い嫉妬の目を向けてくる。

正直、うんざりする。

和清にもその気はない。

四文屋からいい匂いがしてきた。

『端屋《はしや》』と書かれた提灯《ちょうちん》が下がっている。

覗くと、そこは立ち食いで、店の真ん中に高さ三尺（約九十センチ）ほどの細長い飯台が置いてあるだけの店だ。男女の客と艶やかな浴衣姿のいかにも陰間らしい男が、その飯台を囲んで、飲み食いしていた。

若衆髷《わかしゆまげ》の陰間ふたりが僧侶と町人と酒を酌み交わし、その横で野郎髷の陰間が、芸者風の年増女に尻を撫でられている。

店の奥の方には、目つきの鋭い男がふたり、木刀を持って壁に寄りかかっていた。おそらく、店で客を引こうとしている陰間を見張る町奴だ。

荒らすには手頃な店だった。

和清は、いったんお山を仰ぎ、気合を入れながら四文屋の端屋の縄暖簾を潜《くぐ》った。

けれども足を踏み入れた刹那、踵を返して帰りたくなった。

一斉に男客たちの刺すような眼差《まなざ》しが、ふたりに迫ってきたからだ。

品定めするような目だ。

和清は急いで芸者風の年増の横へと割り込んだ。

「おやじ、冷酒を升で三つと、焼き物、煮物を三点ずつ見繕《みつくろ》ってくれや」

すべて四文なので、〆て三十六文（約九百円）だ。

「へい」

腰の曲がったおやじが裏に入っていく。とうに還暦を過ぎているようだが、紺絣に紅い襷《たすき》を掛けているところを見ると、このおやじも元は陰間だったようだ。

「姐さん、いっぺい、奢るぜ。名をきかせてくれねぇか」

和清は野郎髷の陰間の尻を撫でていた年増に声を掛けた。

「あら、粋な兄さんだこと。あたしゃ、向島《むこうじま》のかつえだよ」

年増が婀娜《あだ》っぽい笑いを浮かべる。桃色の着物に黒羽織。粋な着こなしだ。

隣にいた野郎髷の目が吊り上がった。壁際のやくざ者も浴衣の袖を捲《まく》った。店に殺気が漂う。

「おいらは安兵衛というけちな女衒さ」

陰間や町奴を気にせず、ずいずいと女に身体を寄せていく。そこに冷酒の入った升が三個、大根の煮つけと鰯のめざしの皿が台の向こう側から差し出されてくる。

「やだよ。あたしを、たった一杯の酒で、どこに売り飛ばそうというのさ」

かつえが酒を口に運びながら笑う。

相当な修羅場をくぐってきた芸者のようだ。

「いや買いじゃない。売りだ。今夜に限って、この朝若を三朱（約一万八千七百五十円)で好きにしていい。明け六つ(午前六時)までだ」

と、和清の横に隠れるように立っていた雪之丞の袖を摑む。

雪之丞が満面に笑みを浮かべかつえの方を向く。そのまま首を回して見得を切った。後光が差したような大見得だ。

「買ったっ。あたしが買ったよ。朝若っていうのかい。夜が明けるまで、離さないよ」

かつえが、すぐに帯に挟んだ巾着を取り出し、飯台に銭を並べた。銀や銅銭などばらばらだが、都合三朱はありそうだ。

かつえの鼻息が荒い。

「やいっ」

かつえの隣で呑んでいた陰間が気色《けしき》ばんだ。

「なんでぇ、カス野郎。帰って茶でも挽《ひ》いてやがれ」

挑発してやる。

凄みを利かせた和清の目力に、陰間はたじろぎ、尻持《けつ》ちらしい町奴のほうを向く。

「おいっ、ここは黒虎連の縄張りだぜ。てめぇ、どこから流れてきた」

頬が削げ落ち、無精髭を生やした男だ。

「内藤の新宿よ。ここいらは『山羽一家《やまはね》』のシマじゃねえのかよ」

それは香具師《やし》の一家だ。この参道一帯を締める俠客一家だ。

「そいつは売《ばい》の話よ。色《いろ》は俺たちが仕切っている。お城の向こう方の田舎者《いなかもん》が入ってくるようなとこじゃねぇんだよ」

もうひとりの小太りの男が、肩を怒らせて言う。

「黒虎連なんざ、聞いたこともねぇ。つうか、どのみちてめえらも流しで客を拾ってんじゃねぇか。ぐだぐだ言ってんじゃねぇよ。この姐さんは、おいらの若衆を気に入ったと言ってんだ。文句があるなら表に出やがれ」

啖呵を切ってやる。

「おぉ、出ろよ、出ろよ」

ふたりが木刀で床を叩きながら和清に向かってきた。

「おい、おまえも出ろよ。ここはおいらたちの仕切っている陰間しか入れねえんだよ」

頬の削げた男が、雪之丞にも因縁をつけた。

「かつえ姐さん、ちょっくら待っておくんなし。あっしも兄さんに加勢してくるから。銭は戻ってからでいいよ」

雪之丞も笑顔のまま後退《あとじさ》る。

男の客たちは、殺気立った場面だというのに、物おじせずにただひたすら雪之丞に熱い眼差しを向けていた。

ある意味、この界隈に集うような男たちもまた、修羅場に慣れているようだ。

夕闇迫る通りに出た。

「目障りだぜ」

痩せた男が、いきなり木刀を突き出してきた。無手勝流だ。その一突きを和清はわざと、肩で受けた。

「痛てぇな」

顔を顰《しか》めながら、そっと右の下駄の鼻緒から足の指を抜く。

「だったら、とっとと新宿に帰《け》えりな」

調子に乗った相手は、案の定、大上段に振りかぶってきた。顔ががら空《あ》きになっている。

「てめぇこそ、その汚ねぇ面《つら》を直せやっ」

和清は、思い切り足を蹴り上げた。

男の顎に向かって、下駄がまっすぐに飛んでいく。

がつんと当たる音がした。

「ぐわっ、んんんっ」

たちまち男は顔を歪《ゆが》め、二の句が継げないでいる。木刀は後方に飛んで行き石《いし》灯籠《どうろう》に当たって落ちた。

和清は左の下駄も脱ぎ、手に持ち替えると、やにわに男の顔面を叩いた。

「あうぅうう」

男の鼻孔から鮮血が噴きあがる。

もう一発下駄で殴ろうとしたら、男はおいおい泣きながら、池畔《ちはん》の草むらの中へと逃げて行った。

「おまえら黒虎連に喧嘩売って、生きて帰れると思っているのか」

もうひとりの小太りの男が、木刀を突き出しながら雪之丞に詰め寄っていた。顔を潰されて草むらに逃げた男よりは、構えが出来ている。剣術の覚えのないものは、無闇に振り回さない方が賢い。

「あっしはもう生きてねぇようなもんだから、そんな脅しは通じねえさ」

雪之丞が冷え冷えとした双眸《そうぼう》を男に向けた。相手が息を呑んだ。

いい芝居だ。心底、役になり切っている。

和清は加勢をせずに、その場を見守った。

「ちっ。だったらいますぐこの世から消してやらぁ」

太った男が、木刀の尖端を向けたまま、雪之丞に突進した。途中で片手を胸元に入れている。

「ふんっ」

雪之丞が腕を伸ばし、手の甲と前腕で木刀を払い除《の》けた。

ぐらりと男の身体が揺れ、木刀は大きく雪之丞の脇へ逸れたが、そのぶん男の身体が雪之丞の胸元まで入り込んできた。

男の左手には胸元から取り出した匕首が握られていた。

「死にやがれ」

縹色の空に瞬きはじめた星に、匕首の刃がギラリと光る。男はそのまま雪之丞へと身を寄せた。

さすがの和清も、下駄の鼻緒を握ったまま思わず息を呑んだ。

が、瞬きする間に、雪之丞の身体が虚空に舞い、猫のように反転していた。

得意のトンボ切りだ。

「おっとと」

匕首を突き出した男は、そのまま前のめりになり、地べたに這いつくばった。

「無様だな」

和清が、その男の月代に下駄の歯を叩き込んだ。下駄は恰好の武器である。

「ぐわっ」

男は一度顔を上げ、そのままがくんと顎を下げた。気絶したようだ。

空がちょうど紺色に染め直され、連なる店々の赤提灯や石灯籠の灯りが、料亭通りを当世流行りの広重《ひろしげ》の名所図会のように浮き立たせていた。

下駄を履きなおした和清たちの周りは野次馬だらけになった。

「やいやいやい」

野次馬を掻き分け、木刀を手にした黒虎連が大勢現れた。

十人はいる。さらにその背後には、大八車が一台ついてきていた。

先頭に立っている二十五、六歳の市松模様の浴衣を着た鼻筋の通った男だけが、やけに光っていた。貫禄もあった。

黒虎の雷蔵《らいぞう》だ。町方の間でも名が知れている。

残りはカスだ。

この幕の締め処《どころ》と相成ったようだ。

「たったふたりのよそ者相手に、総がかりとは、大仰なこった。なぁ朝若」

和清は、雪之丞を見やり額に手を当てた。

締めに入るための符牒だ。

ここから見せ場の殺陣《たて》に入る。

「ですが、兄さん、これじゃぁ、おいらたち袋叩きにされちまうんでしょうかね」

雪之丞が、困惑気味な顔をした。芝居だ。

「そうはならねぇさ。こんな不細工に、やられてたまるかい」

ここで初めて、和清も総身に色気を漂わせ始めた。

雪之丞同様、和清もここは見せ場にしなければならない。

「四の五の抜かしてんじゃねぇよ。畳《たた》んじまえ」

雷蔵が手を挙げると、十人が一斉に襲い掛かってきた。

四方八方から木刀が飛んでくる。

ふたりは素手で躱《かわ》しながら、地面を跳び回った。

舞台の板ほど弾まないが、そこを華麗に見せるように葛飾の庭で何度も稽古を重ねてきた。兎《うさぎ》のように跳べる。

「鈍いぜ。それじゃぁ牛も追えねぇ」

遮二無二《しゃにむに》突っ込んでくる奴たち相手に、和清も雪之丞もあえて大げさに跳んで見せた。素人の繰り出す木刀の動きは、すべて見えた。

見えさえすれば、躱せるのだ。

そこは筋書きのない殺陣ではあるが、相手の剣筋さえ読めれば、剣を潜る芝居には変わりはしない。

雪之丞は、木刀を振り回すしか能のない男たちを嘲笑《あざわら》うように、宙返りを繰り返しており、それは大歌舞伎の千両役者にも匹敵する鮮やかさだ。

野次馬たちがその踊るような動きに、ため息をついている。

「揶揄《からか》いやがって、鯖折《さばお》りにしてやる」

頬に切り傷のある力士崩れらしい男が、木刀を投げ捨て、両手を広げて突進してきた。速い。力士は木刀を振るう腕は遅いが、足は速かった。下半身の鍛え方は役者以上だ。

抱きつかれたら一巻の終わりで、腰の骨を折られかねない。

和清は横に跳んだ。

頭を下げて突っ込んできた力士が、通りの脇に積まれた用水桶の山に頭から激突した。桶が飛び交い、水が飛び散った。

「ちっ。町方が出張って来たら厄介だ。野郎ども、いいから簀巻きにしちまえ」

雷蔵がそう叫ぶ。

「おぉうっ」

背後から大八車が、ぐいぐいと押し出されてきた。葭簀《よしず》が積まれている。押しているのはいずれも巨漢の力士崩れの三人だ。

ここらが幕の下《さ》げどきだった。

和清は、雷蔵にめがけて下駄を投げた。躱されるのはわかってのうえだ。案の定、雷蔵はひょいと横に飛び、下駄は闇に吸い込まれていった。

これで雪之丞もわかる。終幕の合図だ。

「観念しやがれ」

斜め右から、ゆっくりと木刀が振り下ろされてくる。見切ってはいるものの、和清は躱さなかった。

ただし肩より怪我の少ない上腕で受ける。

「うっ」

いかにも迂闊《うかつ》だったという体《てい》を装い、和清は顔を顰め、大げさにその場で片膝を突いた。

すかさず男たちが前後から葭簀を抱えて詰め寄ってくる。

雪之丞は雪之丞で、木刀を躱し、飛び跳ねたところで、みずから着地をしくじった形《なり》を装った。

「兄さん、すまない、足をくじいちまった」

悲痛な声を上げている。

雪之丞ともども、抗う小芝居をしたものの、切りのよいところで簀巻きにされるのを受け入れた。

「なぁ、黒虎の大将、俺は池に放り込まれても構わねぇが、この朝若はとっておいた方がいいぜ。役者崩れさ。銭になる」

和清はすっかり観念したように胡坐《あぐら》を搔いて言った。

実は出しどころを狙っていた決め科白だ。

雷蔵がじっと和清の目を覗き込んできた。和清は晴れ晴れとした表情を作る。

ここは和清も色男ぶりを見せねばならない。

「おめぇ、女衒になる前は何をやっていた」

雷蔵が顎を扱いている。

「十年前《めえ》までは俺も色を売っていたさ。ただし、女にだけさね。歳を食ったんで裏方にまわったまでよ。銭で買ってくるようなまっとうな女衒じゃねえ。色気で女子衆《おなごしゅう》を拾って売る畜生商いよ。ふん、沈めるなり焼くなり好きにしろや」

捨て鉢な男を演じた。

賭けだ。

芝居が通じないと、このまま不忍池にドボンだ。

「おいっ。町方がこねえうちにこいつらをその荷車に乗せちまえ」

雷蔵が怒鳴った。

どうやら、二幕目へと進めそうな気配だ。

二

簀巻きにされた和清と雪之丞は大八車に乗せられると、行先を知られたくないようで、目隠しをされた。

暗闇の中を大八車に揺られた。

四半刻（約三十分）ぐらい揺られただろうか。いきなり荷台が斜めになって、和清たちは地面に落とされた。荷物扱いだ。

鼻を利かせると、なにやら黴臭い。

葭簀だけが外された。

「そのまま這って前へ進め」

雷蔵の声がした。

先が見えないので、さすがに躊躇《ちゅうちょ》した。雪之丞が進んだ気配もない。

「この先が崖ってことは、ねえよな」

和清が顎を突き出して言うと、いきなり尻を木刀で叩かれた。

「ちっ」

仕方がないので前へと這った。

和清が動いた気配を感じたらしく、雪之丞が続いてくるのが分かった。

敷居らしい木があるのを手で確かめ、それを越えていく。どうやら崖はなく、家の中に入ったようだ。

「止まれ。目隠しは自分で外せ」

正面から声がした。雷蔵の声ではない。背中でぴしゃりと戸が閉まる音がする。

和清がおもむろに黒い布切れを外すと、そこは長屋の土間だった。

見上げると紺地に格子柄の浴衣をしゃきっと着た、役者顔のいい男が、一段上の畳の上から、こちらを見下ろしている。

口入れ屋の清太に違いない。

なりえが上野で探し当て、描きあげてきた人相書きにそっくりだった。

「どうです清太兄い、この面《つら》なら銭になりませんか」

真横に立った雷蔵が、肩を揺すりながら言っている。

「素性は聞いているのか」

清太の声は低くよく通る。

目を尖らせ、和清と雪之丞の顔を凝視した。特に雪之丞の顔を、念入りに見ていた。

「役者崩れの女衒と若衆でさあ。内藤新宿から流れて来たって」

「それは本当かよ」

清太が袖を捲りながら聞いてくる。唐草模様の彫り物が入っていた。

「調べりゃいいじゃねぇか」

和清がぞんざいな口をきいた。

「言われなくともやるさ。雷蔵、てめえんとこの何人かを内藤新宿へ奔らせろ。こいつらの人相書きを持って、知っている奴から聞いてこい。払いはそれからだ」

「へいっ。で、もし、それが本当なら、二両（約二十万）でどうでがしょう。このところうちも若い者が増えまして、食わせる銭《ぜぜ》が少し足らなくなりやして」

雷蔵が掛け合いに出ている。

「いや。ふたりで八朱（約五万円）がいいところだ」

「兄《あに》い、そいつぁ、渋すぎまさぁ」

「聞き込みの駄賃を弾む」

清太がくるりと背中を向けて、箱膳の上に置いてある巾着を取った。

「ほらよ」

文銭《ぶんせん》を抜き、雷蔵に放り投げる。二朱銀二枚だ。都合四朱（約二万五千円）ということだ。調べにはきちんと金をかけている。

「へいっ、おい、誰かいねぇか。明日は七つ（午前四時）立ちだ。ふたり供をしろ」

雷蔵が半障子の戸を開け、下っ端に命じていた。みずから聞き込みに行くようだ。

「こいつらが明かした通りなら、もう少し色を付けてやる。それまでてめえらに使わせている隠れ家の蔵にでも入れておけ」

「合点でさぁ」

そこで若い衆が入ってきて、和清と雪之丞は引っ立てられ、再び目隠しをされた。

今度は縄で後ろ手に縛られ、大八車に乗せられた。

次に降ろされたのは土蔵の中だった。

大八車に揺られていた間を思うと、清太の長屋からそれほど離れてはいない場所のようだ。

目隠しは外されたが、眼前に広がるのは闇だけだった。

和清は暗闇に目が慣れるのをじっと待った。そのあいだに手首の関節を器用に動かし、縄から抜いた。芝居では手妻《てづま》も見せる。縄抜けは技のひとつだ。和清と雪之丞の手首や指は自在に曲がるのだ。

しばらくすると、雪之丞の顔の輪郭がぼんやり見えてくる。

和清は右手の人差し指を上げた。

雪之丞も同じ仕草をした。

互いに顔と指は見えるという合図だ。雪之丞も縄は解いていたようだ。

土蔵に押し込まれたとはいえ、壁に耳ありだ。あるいはこの蔵の中に、見張りが潜んでいることも考えられた。

こうしたときに備え、天保座では座員一同、指話《しわ》を習得している。左右の指の数を組み合わせて、文字を作るのだ。

『跳べるか』

和清は細かく指を動かした。

『はい』

『上に誰かいないか、探ってくれ』

言うなり、目の前から雪之丞が消えた。跳躍し土蔵の壁に張り付いたようだ。

少し間があって、すっと目の前に着地した。

『中に見張りはいないようです。いや、伊賀者《いがもの》などであれば、見落とすかもしれせんが』

町奴が忍びを雇っているとは考えにくかった。

『それはない』

と和清は伝えた。

雪之丞も頷く。

『耳と鼻で気配を探ろう』

さらにそう伝えた。

暗闇は、目が使えない分、耳と鼻は敏感になる。研《と》ぎ澄ますと、さまざまな気配を嗅《か》ぎとれるものだ。

ふたりは沈黙したまま、壁に背をつけ、この場の気配を嗅ぎ取ることにだけ集中した。

風の音が聴こえた。

その奥に、微かに、ほんの微かだが川の流れる音がする。

掘割が近いのかも知れない。

鼻孔を鳴らすと、真っ先に酒の匂いが入ってきた。

いずれ黒虎連の隠れ家であろう。酒盛りでもしているに違いない。

そのとき雪之丞が指を様々に立てた。読むと、

『火薬の匂い』

とあった。
和清は頷き、もう一度、臭覚に全集中した。
匂った。
微かだが酒の匂いに混じり、確かに火薬の匂いが漂ってくる。
町奴に火薬。危険な取り合わせだった。
だが、それが満春寺や女を誑《たら》し込むのと、どう繋がるのかは、不明だ。そのま
ま、まんじりともせずに、感覚を研ぎ澄まし、気配に集中した。
ひょっとしたら阿片も隠されているのではないかと、鼻を鳴らしたが、その匂
いは嗅ぎ取れなかった。
明けたのだろう。
朝の気配を感じたところで、和清と雪之丞は、互いに縄を締め直した。
手下がふたり、覗きに来た。
大きな扉が開き、僅かな間だけ外が見えた。雑草が生えた庭の先に、広い家の
廊下が見えた。
商家のような造りだ。
なぜ、そんな家が町奴の隠れ家になっている。

　和清は不思議に思った。

「飯だ」

　男たちが結びを二個持ってきた。沢庵付きだ。匂わなかったので、ここで飯を炊いたとは思えない。棒手振《ぼてふ》りから買ったものだろう。

「まだ生かしておくつもりのようだな」

　憎まれ口を叩いてやる。

「銭になる者は、殺さねぇ。それだけのことよ」

　酒臭い息を吐きながら男のひとりが言った。

「縛られたままじゃぁ、食えねぇ。外してくれねぇか」

「おっと、そいつはできねぇ。手が使えなくとも、口は使えるだろう。寝転んで食えよ」

　男たちは、大きな声で笑い、笹の葉に載った結びを、土の上に置いたまま出て行った。扉が閉まる。

　間をおいて、ふたりは縄を抜き、結びを頬張った。

　いま時分、雷蔵は内藤新宿に向かって歩いていることだろう。首尾よく行くことを祈るしかなかった。どんなに万全な筋書きでも、最後は運に頼る面もあった。

翌日の昼間。

雷蔵が入ってきた。

「女衒の安兵衛、陰間の朝若だな。出ろっ。清太兄さんが話があるそうだ」

どうやら、うまくいったようだ。

これでいよいよ見せ場の幕へと進むことが出来る。

「おうっ、どこへでも連れていけ。だがよ、俺たちの値が八朱は安すぎるぜ。一両は取れよ。なあに、突っ張ったら清太は折れる」

和清は、笑いながら言ってやった。

三

「嘘はついていねえようだな」

清太が煙管を取った。

庭に面した広い座敷である。

障子戸が開けられているので、庭に並ぶふたつの蔵が見えた。ひとつは今朝まで、和清たちが閉じこめられていた蔵である。

清太は、床の間を背に浴衣姿で脇息《きょうそく》に寄り掛かって座っており、煙草盆を挟んで対面する和清と雪之丞にも座布団が与えられた。

目の前に茶まで置かれている。

これはまたたいそう丁重な扱われかただ。

「内藤新宿にもまだ、おれらの噂が残っていたってことだな」

茶を啜りながら和清は答えた。

「だが、どこの人別帳《にんべっちょう》にも、おめえらの名は載っていなかったそうだぜ」

「そりゃ俺たちは無宿人だからな。そもそも俺も朝若も、どこかで人別帳に載っていたのか、自分でも知らねぇ。安兵衛という名は、無宿人の仲間がつけた。朝若は俺が拾ったときにつけた名だ」

江戸の町で生きるには、名主が作成する人別帳にその名が記載されていなければならない。改めは数年に一度だが、その証《あかし》がない者は、無宿者と呼ばれ折助《おりすけ》や小者《こもの》になることすらできない。

つまりまっとうな職には就けないということだ。

「人別帳は俺がどうとでもしてやる」

清太が旨そうに煙草をふかした。

「ほう。それにしても口入れ屋風情のくせに、たいした屋敷を持っているじゃねえか。一昨日あったところは長屋だったはずだが、どういうことだい」

和清は胡坐を掻いたまま、顎を扱いた。

「ここはさる大名の蔵屋敷さ。米も産物も思うように金に換えられなくなったので、掛屋《かけや》にこの蔵をそっくり貸して金を回してもらっている。俺らはそのまた貸しをうけている。もちろん屋敷と蔵の手入れに警固、荷の出し入れの手伝いなどもする。まっとうな請けおいだぁね」

清太が、ふっと煙を吐きながら言う。

あり得る話だった。

空米切手《くうまいきって》を掛屋に渡して金を調達したものの、年貢米があがらず、返済できなくなる十万石以下の大名は多い。

薩摩《さつま》のような雄藩であれば、一方的に繰り延べを言い渡す『お断り』を出すこともできるが、それをやると掛屋は二度と金を貸してくれなくなる。

そうなると中小の大名は、お家の体面すら保てなくなるのだ。家産が傾き、お家断絶などとなれば、それは末代までの恥である。

したがって、切れ目なしに掛屋から金を借りていなければならない。

また逆に掛屋が、徐々に大きな担保を求めるのも、これまた至極まっとうなことでもある。大名家が破産し改易《かいえき》にでもなれば、貸した金はもどってこないからだ。

次第に掛屋が、大名家の先祖伝来の財宝や、蔵屋敷などの資産を剝《は》ぎ取っていくことも充分ありえるわけだ。

もとより蔵屋敷の運営を、すべて掛屋に任せている大名家も多い。家としての体面さえ保てているならば、裏の事情などどうでもいいのだ。

武士とはそうした生き物だ。

そして商人は武士に付け入る。

町奉行所の同心と芝居小屋の座元という、ふたつの職を知っている和清には、よくわかる話だ。

蔵屋敷そのものを、掛屋に任せていたところで、世間の目にあやしまれることはない。

そこに人足のような者が出入りしていても、それは見慣れた光景だからだ。

うまく考えた。

差詰め掛屋は、清太たち無頼な一味に隠れ家としてこの蔵屋敷を又貸ししているのであろう。

破産寸前の大名に金を貸すのも、無頼漢に蔵を貸すのも、どちらも危ない橋に思えるが、その掛屋は、清太の方がまだましと踏んだのであろう。

表通りに面した蔵もあるはずだ。

おそらく中庭にあるふたつの蔵は、裏蔵。

背後にいる掛屋を突き止めたら、悪事のからくりが見えてこようというものだ。

「大名の蔵屋敷を隠れ家に使うとはいい度胸だな。もっとも蔵は空《から》だったようだが」

「荷の中身や出入りは、俺たちの知ったことじゃねぇ。そいつを差配しているのは、また別な筋だ」

と、清太が苦笑いをした。

「それで、あっしらはその人足にでもなるのかい」

和清はぶっきらぼうに言い返した。

「人足に、茶を出すほど俺は儲《もう》かってはいねぇ」

「では何をしろと」

雪之丞が困惑気味の表情を浮かべた。

「そりゃ、色商売だ。雷蔵が縄張り荒しをされたおめえらを、池にも川にも沈めねえで、俺のところに連れてきたのは、色で商売になるとふんだからだ。それ以外におめらの価値はねぇ」

清太が雁首《がんくび》を煙草盆にカンカンと打ち付けた。

「はっきり言ってくれるじゃねぇか」

和清が目を尖らせた。

その和清の袖を雪之丞が、諫《いさ》めるようにひく。小芝居だ。

「兄さん、それで命が助かるならいいじゃないですか」

か細い声でいう。涙まで溜めているのだから役に入り切っている。

「いやいや朝若はわかるが、三十路過ぎの俺にも色を売れと言うのかい」

和清は呆気《あっけ》にとられた顔をした。

「年増や後家は、若衆よりも、おまえさんのような男を好む。それに、誑し込みの技がおめえさんにはありそうだ。おめえさんの、女衒の腕とやらも金に換えてやる。俺が上手く話をつけるさ」

清太がにやにやしながら言っている。

「不忍池界隈の陰間茶屋に入るのですか」

雪之丞が聞いた。すでに清太の手下になったような口調だ。

「いいや、行先は寺だ」

清太が和清と雪之丞の顔を交互に見ながら、きっぱりと言った。和清は、しめたっ、と胸を弾ませたが、そこは喜色満面にならぬようにぐっと抑えて、唖然《あぜん》とした顔を作った。

庭に風が舞い、川の匂いが強くなった。

座敷から見える庭もどんより曇りだしている。雨が来そうな雲行きだ。

「出家かよ」

「そうだ、出家してもらう。このまま無宿人として、裏街道で生きるよりはましだろうよ」

「話がよく見えねえんだがな」

「簡単な話よ。坊主になって女を誑し込んでも、町方や目付の手入れは食らわねえってことだ」

「あっしらは頭を丸めなきゃならないんですか」

雪之丞が素《す》っ頓狂《とんきょう》な声を上げた。

「そりゃ、そうだ。坊主頭だ。朝若とやらよ。おめえがつるつる頭になったら、こりゃ、受けるぜ。娘の方からその頭を抱きかかえに来る」

清太が諭すように言う。表情も穏やかだ。清太にとっては、もはや和清たちは金の米櫃《こめびつ》なのだ。

「どこの寺だ」

和清は核心に切り込んだ。

「迂闊には名を出せねぇな。おめえらが承知したら、教えてやる」

清太はそこで言葉を区切った。

沈黙が続いた。

「荷が入ってきた」

門の方から声が上がった。庭や縁側でぶらぶらしていた男たちが、表門へと向かって走り出した。

数人が蔵の扉を開け始めた。和清たちが入っていた蔵ではないほうだ。

「おいっ、障子戸を閉めろ」

清太が破落戸《ごろつき》のひとりに声を掛けた。男が慌てて障子を閉めた。

だが、一瞬だけ蔵の中が見えた。黒い塊がふたつ並んでいる。

大砲か。

筵が被せられていたので、判然としないが、それは大きな砲身のように見えた。そうすると火薬の匂いとも合致してくる。

こいつら、物騒なものを隠していやがる。

和清は胸騒ぎを覚えた。早く探らないと、とんでもないことが起こるかもしれない。

表と庭は騒然となっていたが、清太は平然と和清と雪之丞を眺めている。

「しょうがねぇ。その話、受けよう」

和清は、観念したように伝えた。

「なら、いまから出家の書状を持ってこさせる。なあに決まり文句が並べてあるだけだ。さっさと名を入れてくれたらいい」

「無宿人のあっしらが、名を入れるんで」

「あぁ、そうさ。後の始末はこっちでつける。安兵衛でも田吾作《たごさく》でも好きな名前を書いとけよ」

「そうですかい」

すぐに若い男が二枚の書状を持ってきた。

ふたりの前に差し出される。

和清は腰を曲げて、畳の上の文面を見た。

一度出家したら二度と還俗《げんぞく》しないと書いてある。破った場合は金百両（約一千万円）を払うとあった。

「百両とはでかいな。女衒より阿漕《あこぎ》だ。それに女衒なら前受け金を渡す」

「いや、そのぐれえの覚悟がねぇと、寺も受けねぇってことさ。遊郭や茶屋に縛り付けておくわけじゃねぇ。色坊主としてそこいらをうろうろ歩いてもらうこともある。坊主だ。逃げられることもあるさね。まぁ、そんなときは、俺たちが捕まえるんだがな」

清太が茶を啜った。

「あんたらが追っ手になるなら、縛っているのと変わらねぇ」

和清は笑ってやった。

同じ裏街道を歩いてきた者としての顔を見せたつもりだ。

「なあに、どうしても娑婆《しゃば》にもどりたくなったら、女を上手く使えばいい。百両引っ張りゃいいだけの話だ。それだけのこった」

清太は筆を突き出してきた。

要は女を食い物にする動機づけでもあるらしい。この証文に同意したら、まずは百両稼いでおきたくなる。

「わかった、書くぜ」

どうせ牢獄にいる男の名だった。和清は、筆を受け取り、すらすらと安兵衛と書いた。

雪之丞とて同じことだった。すでにこの世にいない旅役者の名である朝若と、筆を入れた。

どのみちこの雪之丞にとって、女に百両出させるのは、たわいもない芸当なのだ。

「行先は、上野の満春寺だ」

清太が、ようやく名を明かしてくれた。

これで違う寺名を言われたら、卒倒するところだが、希《のぞ》みどおりの寺と知り安堵した。

さあてここからが芝居の肝になる。

第四幕　美坊主と虚無僧《こむそう》

一

「おい、ふたりとも目隠しをおのれではずせ」

大八車を囲んでいた黒虎連の男衆のひとりの声がした。

清太は、よほど蔵屋敷の場所を知られたくないとみえ、和清と雪之丞の満春寺への出立に際して、再び目隠しをするよう命じていたのだ。

ただし、逃亡の怖《おそ》れなしと見たのか、手足までは縛っていなかった。

「もう着いたのかい」

和清は、おもむろに黒布《くろきれ》の目隠しを解いた。

青空に上野のお山がくっきり映えている。どうやら広小路の手前のようだ。

めた。

無精髭に楊枝を咥えたその姿は、北町の樋口大二郎だ。さすがに和清は首を竦《すく》
先を見やると、茶の小袖に黒の巻羽織の男が手招きしていた。

男のひとり、雷蔵の側近である仙太《せんた》が、荷台を覗き込んでくる。

「寺はまだだ。煩《うるさ》い奴がやってきた。余計なことを言うんじゃねぇぞ」


「おどおどしねぇで、足でも折ったふりをしていろよ。俺がごまかす」

仙太が眼を尖らせた。

「おいっ、その荷車、どこへ行く」

ゆっくり大八車が進むと、樋口が広小路の入り口で両手を広げて制していた。

「あっしらは山羽一家の三下です。うちらが尻《けつ》を持っている陰間《たま》が、肘が抜けちまったんで、根津《ねづ》の骨接ぎに運ぶところです。こんなんでもでぇじな金蔓《かねづる》なんで、とっとと治して働かせねぇと、こちとらまで干あがっちまうんで」

仙太が上手い口実をつけた。

町奴の黒虎連では、余計に怪しまれるので山羽一家の名を出したのだ。俠客はときに同心の配下となって働くこともあるので、身内扱いされやすいからだ。

「なんだそりゃ。やい、色売り野郎。年増とややこしい恰好でもやったのか」

と樋口が和清の顔を覗き込んできた。

冷汗が出る思いだが樋口が知る植草勝之進とも東山和清とも、異なる顔になっているはずだ。頬が削《そ》げ、骨が浮かび、目は窪《くぼ》んでいるのだ。二十日ほど前に市村座の前で会った座元の和清とは気が付くまい。

「へいっ、太った後家が無茶を言いまして」

「どんな無茶だ」

樋口がじっと目を覗き込んできた。

目の表情だけは変えられるものではない。ひたすら瞼《まぶた》を瞬《しばたた》かせ、目の底を見せまいと努めた。

「……繋げたまま尻を抱いて立って歩けと……そりゃ、もう重くて重くて……何せ相手は相撲取りのような後家で……」

和清は千楽から習った艶話《つやばなし》の一節から引いた。

樋口はきょとんとしていた。

間があいた。

「ぷっ」

樋口がはじめに屁のような笑いを漏らし、続いてがはははと笑い出した。

呑み込みが遅すぎる。

「そうじゃろう、そうじゃろう。その痩せた身体では無理じゃ。腕も抜けるわ。して、そっちの若衆は」

笑いながら、雪之丞にも尋ねた。

上手くやれ。

と、願うしかない。

「あっしは、怖すぎる女形《おやま》から逃げようとして、座敷の縁側から転げ落ちて捻挫《ねんざ》です」

ありそうなことを言っている。

ここで仙太が巾着から、黄金《こがね》色に輝く小判を一枚出した。

「旦那、なにせ陰間稼業のことです。これ以上の詳しい話は、これで勘弁してください」

と無理やり握らせる。さすがは黒虎連だ。握らせる銭が大きい。

「陰間もなかなか大変じゃのう。怪我人とあらば、さっさと行け」

樋口は帯から抜き出した十手で肩を叩きながら、顎をしゃくった。

ちょろい。

大八車は疫病神《やくびょうがみ》から逃げるように、速足で押された。

やたら揺れる。

鰻《うなぎ》の『伊豆栄《いずえい》』を左手に、池を右手に見ながら、不忍通りを根津に向かって進み、しばらくしたところで、ひょいと左に折れた。

小体《こてい》な寺がずらりと並んでいた。

さして目立たない小ぶりな四脚門《しきゃくもん》の前で止まった。門は閉じられている。

荷台の上から見上げると扁額《へんがく》に『観難山《びなんさん》　満春寺』とあった。

山門も扁額も朽ち掛けており、寺名もよく見ないと判読できないほど、色褪《あ》せていた。

要は目立ちたくないのだろう。

山号は美男に掛けているようだ。臨済宗の頃の山号は違ったはずである。

差詰め、美男に囲まれて春爛漫《らんまん》の寺と言うことか。

黒虎連の下っ端が、通用口から中に入ると、ほどなくして門が開いた。

大八車が境内へと入ると、真正面に、屋根の左右の裾が跳ね上がった、いかにも元禅宗の寺らしい立派な本堂があった。

みすぼらしい表門とは異なり、境内にそびえる本堂や客殿は、手入れが行き届いているようで、特に中天にさしかかった眩《まぶ》しい陽の光を受けた本堂は、威風堂々と輝いて見える。

満春寺の敷地は奥に長く延びていた。

間口から想像するよりも遥かに広い敷地のようである。

旗本屋敷のような立派な海鼠壁《なまこかべ》が四囲を覆っているので、外からではこの様子がうかがい知れないだけだ。

本堂へ上る階段の脇である。日輪草、薊《あざみ》、牡丹《ぼたん》が咲き誇る華やかな花壇であった。まだ葉の色が緑の楓《かえで》もあった。

和清は首を捻《ひね》りながら、花壇を凝視した。

緑の草から伸びる日輪草の黄と薊の赤が際立っている。目に痛いほどの輝きだ。

それに気圧《けお》されて薄紅色の牡丹は、やけにしょんぼりしているようだった。

目立たないものほど、よく見たくなるのが同心の癖である。

和清は、しばし牡丹を眺めていた。

が、所詮、花鳥風月を愛でる趣味もなければ、花の知識もない。すぐに飽きて、視線を正面に移した。

本堂の右隣に客殿がある。料亭のような造りの二階家だ。

その奥に見えるのが僧坊であろう。大名屋敷の勤番侍用の長屋に似ている。

その僧坊から大柄な男が出てきた。

黒の僧衣を纏った総髪の男である。

小太りで、僧というより大店の主人《あるじ》のような風格である。

顔はまるでがま蛙《がえる》だ。

「黒堂《こくどう》和尚《おしょう》。清太兄さんからの荷を届けにきやした」

仙太が大声で言っている。

「朝若、俺らは荷かよ」

和清は大げさに顔を顰めた。

「荷車に乗せられて運ばれて来たので、やっぱ荷でしょう」

雪之丞も渋い表情を見せた。

「笑え」

いきなり黒堂が覗き込んできた。

「なんだと」

命令口調に和清はあえて気色ばんでみせる。

「そう尖るな。修行をしてもらうわけではない。美坊主として働いてもらうのだ。吉原の見世《みせ》に座る女郎と同じだから、仏頂面《ぶっちょうづら》では商売にならん」

その言い分は分かるので、ふたり揃って、満面に笑みを作って見せてやる。

いかにもさりげない笑い。そして流し目。

大道具に銭をかけすぎたときに、役者一同、見物客から祝儀をもぎ取ろうとするときの、一世一代の笑みだ。

「おぉっ。なるほど清太の言う通り、これは売れる面《つら》だ。おまえら稼げるぞ」

黒堂が破顔した。

「なら、稼がせてもらおうか」

すっと笑みを消し、和清は渋い顔に戻した。

「僧坊に入れ。仔細《しさい》を伝える」

黒堂が僧衣の袖を翻して、玉砂利の上を歩き始めた。歩きにくい。

仙太たちは、ここで帰った。

僧坊の敷居を跨《また》ぐと、目の前はだだっ広い座敷で、あちこちに膳と座禅用の丸い坐布《ざふ》が置かれていた。隅の方で数人の僧が蕎麦を啜っている。若く美形の坊主たちであった。

その広間に通された。

「臨済宗だった頃は、ここは禅堂だったそうだ。いまは庫裏《くり》として使っている。好きな時にここで飯を食っていい。明け六つから夜五つ（午後八時）まで、料理人がいて何か出してくれる。賄い料は月に二分（約五万円）だ」

「金は取るんですかい」

和清は口を尖らせた。雪之丞は眉間に皺《しわ》を寄せた。

「当たり前だ。稼ぎはきちんと分けてやるのだ。屋台や料理屋に行かずとも、ここで食えるのだから、楽だろう。まぁ座れ」

平らな座布団はなかった。座禅用の丸い高さのあるものだ。居ぬきで買い取ったのが歴然としている。

すすめられたので、三人で胡坐《あぐら》を搔いた。

「ここでは座禅はやらないんですか」

雪之丞が聞いた。

「僧坊での修行はいらん。座禅は本堂で客にやってもらう。若い僧は警策を持って指導する立場だ。それでいい」

黒堂がきっぱり言った。

「俺らが悟りを開かなくてもよいのか」

どうでもよいことではあるが、和清も確かめた。

「悟りなど、開けるわけがなかろう。釈迦《しやか》でも煩悩《ぼんのう》は捨てられなかったはずだ。虚無暗宗は、座禅を組み、むしろ煩悩を受け入れることを教える」

黒堂が片眉を吊り上げた。

「うーん。禅は無心になるためのものと聞いていましたが」

雪之丞が首を傾《かし》げる。

「ふん。人は寝ていても何かを思っている生き物だ。無心になどなれるものか。座禅を組んで、欲を満たすことを思い描いた方がためになる」

たしかに一理はある。

「欲と睨み合うのですか」

雪之丞が目を丸くした。

「その目いいぞ。その初々しい目を向けられたら、お武家の娘も大店の内儀も胸がときめき、腰が浮つくってものよ。上手く寺まで連れて来たら、それだけで四朱（約二万五千円）やる」

黒堂が膝を叩いた。

「ちっ。俺らはこつこつ四朱を稼ぎたいわけじゃねぇ。十両、二十両と手にしたい。どうすりゃ、そのぐらい稼げるんでぇ。仕組みを聞かせてくれや」

和清は胡坐を組みなおし、話を先に進めるように促した。もとより禅問答をするために、雇い入れたわけでもあるまい。

そうこれはひとつの雇い入れなのだ。出家とか入信というものではない。

「おうっ。話は簡単だ。坊主になって、金のある女を誑《たぶら》かす。その女から金や金になる話を引き出す。それだけのことだ。おまえらの役は色坊主。その色気で虜にしたら十両なんてすぐだ」

「獲物はどうやって探す」

和清が聞いた。

「それはこっちで請け負う。おまえらは、俺の指図通りに動きさえすればよい」

「いい獲物を回してくれるということだな」

念を押す。

「そうだ。狙うべき獲物がどんな女かということや、出入りする店、寺社、芝居小屋などは、われらが伝える。人相書きもつける。動くのはおまえらだ」

これは、獲物を探索する組と誑かす組を分けているということだ。そして獲物に関しては、かなり念入りな探索を入れているのだろう。

一体どうやって獲物を見つけているのか。

そこも探らねばなるまい。

「それで割《わり》はどうなっている」

さらに突っ込んだ。

「それはおいおい伝えるさ」

黒堂は惚《とぼ》けやがった。

「俺は昨日まで女衒だぜ。仕組みに文句をつけるつもりはねぇ。だが仕組みを知らねぇと、妙な疑いを持つこともある。雇い主があんただってことに文句はねぇ。口入れ屋にも証文を入れた。だが、女から金を引くのは俺らだ。しかも俺らは、そっちに関しちゃ腕に覚えもある。そんじょそこいらの面《つら》だけ小坊主とは腕が違うぜ。はっきり聞かせてくれりゃぁ、その線に沿って動くってもんだ」

広間に響くような声で言ってやる。

蕎麦や茶を啜っていた五人ほどの若い僧が一斉にこちらを向いた。いずれも二十歳そこそこの美坊主だ。

「ちっ。なまじの玄人《くろうと》はうるせぇな。わかった、教えてやる」

黒堂が若い僧に声を掛け、茶と煙草盆を持ってこさせた。ひと月ほど前に芝居町の空蟬で見かけた坊主だった。盆を置きながら立雲《りつうん》と名乗った。

和清に気づく様子はなかった。

一服付けた黒堂がおもむろに口を開く。

「女から引っ張った金の十のうち一は清太のところに行く。尻持《けつも》ち代が含まれているからしょうがない。残りの九を寺と坊主で割る。そっちの割は三だ。寺が六。それが決まりだ」

十両引っ張ったら三両が自分の懐に入るということだ。岡場所の女郎など一両も戻されないのだからこれは割がいい。

「悪くねぇな。けれどそんな太い客はそうそういねぇだろう。一両引くのが手一杯の客ばかり回されても、埒があかねぇや」

和清は金の話を掘り下げた。

「うむ。はじめは料亭の仲居や大店の女中などで修行してもらうのが常だ」

黒堂が入道雲のような煙を吐く。いい匂いだが、あまり嗅いだことのない匂いだ。金平糖でも塗《まぶ》しているのか、煙草にしてはやけに甘い香りだ。

「それじゃぁ、入れ揚げさせても一両にもならねぇだろう。店の金でもかっぱらわせるのかよ」

「かっぱらわせることもあれば、借金を背負わせて、女郎に落とす手もある。売った金もきちんと割る」

「そいつぁ女衒以下の畜生働きだ。胸糞《むなくそ》悪いぜ」

和清は珍しく本音を吐いた。

ついでにむくれた表情を浮かべた。この表情は芝居だ。

「まぁ、聞け。女郎に落とすことなどめったにねぇ。それは奥の手というものだ。いったん色に狂わせた仲居や女中を使って、より太い客を引っ張らせる。色狂いの女は、女房気取りで客を誑し込んで来るものさ」

「なるほど。最初《はな》から、そうした脈をもっている女を拾うんですね」

雪之丞がまた目を丸くする。

初心《うぶ》を装うのがすこし過剰になっているようだ。それとなく和清は目で窘《たしな》めた。

「そういうことよ。にっちもさっちもいかなくなって無理心中でも挑《いど》まれたんじゃかなわねぇ。そういうことにならねぇように金が切れても、手なずけておくことだ。切るときは、こっちでやる。おめえらは、とにかくあてがわれた女を色惚《いろぼ》けにさせていりゃいいのさ」

黒堂のがま蛙のように飛び出た目が、不敵に笑った。

「獲物をあてがってくれるなら、六割とられてもしかたねぇな。わかった。いつからでも稼ぎに出るぜ」

和清は湯呑の茶を一気に飲んだ。すっかりぬるくなっていた。

「では、僧名を授ける。安兵衛は安潤《あんじゅん》。朝若は朝峰《ちょうほう》だ。雅《みやび》であろう。ここでは、すべて僧名《そうみょう》で呼び合ってもらう」

僧名とはよく言ったものだ。

早い話が源氏名だ。

黒堂は、それからまたこの寺の仕来《しきた》りについて詳しく語りだした。

若い僧たちが蕎麦を食い終わり出ていくと、替わって総髪の中年男がふたり入ってきた。黒の小袖に深編笠と尺八《しゃくはち》を手にしていた。

――なるほど。

と和清は胸底で唸った。

虚無僧が女の身元や日頃の動きを探索しているわけだ。

徐々にだが満春寺の商法がわかってきた。

二

大広間から出ると、ふたりは居室に誘導された。

それぞれ別な部屋らしい。

黒堂の話によると、引き付けにはふたり一組になって出向くのだそうだが、当面、先にいる僧と組めと言われた。

引き付けとは、目当ての女が出入りしている場所に先回りし、相手の気を引くことだとも教えられた。

「安潤僧は、この部屋に住まわれい」

案内の小者が襖を開けた。

久弥《ひさや》という腰の曲がった爺いである。

満春寺には色坊主と虚無僧の他に、小者が数人いるようで、寺内を動き回っていた。掃除や風呂焚《た》き、それに僧たちの世話もしてくれるのだそうだ。

雪之丞はまだ廊下の先へと進むらしい。

和清は中に入った。

六畳間だ。

無造作に敷かれた蒲団《ふとん》の上に先ほど煙草盆を運んで来た立雲が寝転んでいた。驚いたような顔だ。

「世話になるぞ」

立ったまま、ぶっきらぼうに言ってやる。

立雲は慌てて起き上がり、蒲団の上に正座した。

「目上の方と組むとは思っていなかったので、ご無礼いたしました。立雲でござります」

会釈して言う。きちんとした若者のようである。

「俺を目上と言ったが。そちはいくつだよ」

和清は積まれてあった煎餅蒲団の上に乗り、胡坐を掻いた。まるで牢名主《ろうなぬし》だ。

「二十三です」

「見た目より歳をくってるな。俺は安潤と名のることになった」

「拙僧は若く見えるように努めているからでございましょう。食っていくためには、人はなんでもやらねばなりません」

そういう立雲の顔に屈託はない。目も輝いている。この男、相当したたかと見るべきだ。

「俺は目上に見えるか」

「はい。拙僧よりは上に見えました」

「二十六だ」

試してみる。サバのよみすぎか。

「もう少し上に見えます」

役作りで、少し痩せすぎたのかもしれない。目が窪むと老けて見えるものだ。

「そうか。それでも年増には、どうにか通じるだろう」

「拙僧よりも色気が出ておりますので、通じましょう」

追従《ついしょう》が上手い。

「俺は、昨日までは女衒だ。それでも昔は色を売っていたが、腕は錆《さ》びついている。当面は頼らせてもらうぞ」

「お役に立てればと」

殊勝《しゅしょう》すぎる男だ。

和清は蒲団の山から降りた。

「一服もらっていいか」

立雲の枕もとにあった煙草盆を指して言う。

「どうぞ」

和清は煙管《キセル》ごと借りて、葉を詰める。さきほど黒堂が吸っていたのと同じ甘い香りが漂っている。

「水府《すいふ》ものだそうです。ここでは煙草だけは銭なしでくれます」

「ほう」

立雲が火打ち石を打ってくれた。

すっと吸う。

日頃、和清は煙草をやらない。役者でもあるので、咽喉《のど》を悪くしたくないという思いからだ。

だがこの場は、煙管でも咥えたほうが貫禄が出る。

久しぶりの煙草だった。

そのせいか少しくらくらとした。

「立雲は、もともと色稼業か」

ぶしつけに聞く。

「いや、この寺の虚無僧に出会うまでは、破落戸《ごろつき》でした」

「破落戸の割には、学がありそうな顔をしておる」

立雲の目をじっと覗き込んだ。

妙に澄んでいる。

「ほう。ひょっとして旗本くずれか」

刻み煙草が消えそうになったので、煙管をさらに吸いつけた。匂いの軽やかさに比べて、はいってくる煙は、思いのほか咽喉がひりついた。

「いえ、肥前大村《ひぜんおおむら》家の藩士の倅《せがれ》です」

「大村家とは」

和清はその家を知っていたが、あえて聞き直した。女衒にそれほどの知識はないはずだ。

「肥前の小藩でござる。徳川開闢《かいびやく》以来、一度も転封《てんぷう》されていない稀《まれ》な家で。父は江戸詰めの勘定方でした」

「その藩士の倅が、なにゆえ破落戸になった」

「拙僧が十二歳の時に、父が女中と不義密通をいたしました」

立雲が畳に視線を落とした。

「奥方でもなければ、不義とまで言えぬのではないか」

妻子を国元に残してきている勤番侍《きんばん》が、江戸屋敷の女中と懇《ねんご》ろになるのは、よくあることだ。

「父はその女中に入れ揚げてしまったのです。藩の大事な金を着服し、女中の実家の普請《ふしん》などをしていたのです。一年で家老に見破られ、父は切腹。拙僧の家は取り潰されました。当然のご沙汰《さた》でございましょう」

悲惨な話だ。

「おまえさんは国元にいたのか」

「はい。その頃までは大村の城下で嫡男として文武を学びながら暮らしておりました。しかしながら父の一件で一家は離散です。母も自害しました。父のしでかしたことの外聞が悪すぎて、他家に養子に入ることもままなりませんでしたし、大村の城下にいることすら憚《はばか》られました。これはもう逃げるしかなく、悪事を働きながら、どうにか江戸までたどり着きました」

「悪事はなにをやった」

「たいがい盗みですよ」

と立雲が人差し指を曲げる。悲惨な話をしているのに、立雲の語り口に悲壮感はない。

聞いている和清も、どこか落し噺でも聞いている心持ちになった。少しおかしい。

もう一服する。

火皿の中の葉が燃え尽きた。

「どんな盗みだよ。いや言いたくなきゃ言わなくていい。ただ、相方の素性や気性は知っておきたいもんさ。俺の話も聞かせる」

雁首を叩きながら言う。

「たいした盗みじゃないですよ。村でもどこかの城下でも女を引っ掛けて、待合でくたくたになるまで楽しませて、寝入った隙に巾着を持ち逃げするんですよ。商家のお内儀ともなれば小判を持っています。そんな金を得ながら、とにかく身なりだけは整えて、街道を進むんです」

「関所は」

「山道回りでなんとかなりました。金さえあれば山賊に殺されることもないですよ」

笑いながら言う。まるで作った話のようだが、真実《まこと》であろう。

「ただ、江戸は勝手が違いましたね」

「そうか」

「木戸番が煩いです。無宿者がひとりでうろつくには限りがあります」

「宗門人別帳《しゅうもんにんべつちょう》だな」

「そうです。肥前大村を出るとき拙僧は、夜逃げですから寺請証文《てらうけしょうもん》を出してもらっていません」

立雲は新たな煙草を詰めながら笑った。

寺請証文とは寺が檀家に発行する身分の証だ。手形ともなる。

それがないと『人』として新たな在所に組み込んでもらうことが出来ない。

『人』はどこかの寺に属してなければならないのだ。

「それがこの寺との縁か」

「そういうことです。ある日、池之端の待合から出てきたときに、ここの虚無僧に声をかけられたのです。寺請証文を出してやるとね。赤井伸介《あかいしんすけ》様という黒堂和尚の用心棒も兼ねている元武士ですよ」

軽い罪を犯した武士が虚無僧となれば刑を免《まぬが》れる、という法がある。

「そういうことか」

立雲がそもそもいた大村藩の寺名を聞き、そこの寺請証文を偽造し満春寺に移籍したと人別帳に書き込んだのだろう。

　そうすれば立雲は『人』としての身分を回復できる。

「はい、そこからは安心して稼がせていただいています。黒堂和尚の作った仕組みは実にうまくできております。拙僧たちは女を溶かすだけで、大工よりも稼げるのですから」

　立雲は嬉しそうに言った。

「稼げるか……」

　和清は目を細めた。

「安潤僧も早く大きな獲物を回してもらうことです。拙僧は二十日ほど前に京橋の油屋山形屋のお内儀を落として、割を五両（約五十万円）も受け取りました」

　煙をふわりふわりと吐きながら立雲が言う。

　さきほどの黒堂の話し通りだとすれば立雲の割は三だ。ということは、山形屋の内儀は総額十七両（約百七十万円）もの大枚を満春寺に渡したことになる。

「寺銭が高くねぇか」

　そう水を向けてみた。

「いや、その分、身が守られているわけで。引っ掛け中に厄介ごとが起こると、すぐに虚無僧が飛び出してきます。拙僧らは逃げればいいだけです。それに、こうして住むところまであるわけですから。飯代は払いますがね」

立雲は幸せそうに言うが、それは裏を返せば常に見張られているということだ。そう言えば芝居町にも近頃、やたらと虚無僧が増えていた。

「その山形屋のご内儀は、いまはどうしておる」

「文《ふみ》はよく届いていますが、いまは焦《じ》らしどきなので会ってはいません。お内儀の喜代《きよ》の動きは虚無僧組が見張っているはずで、頃合いを見計らって黒堂和尚からお達しがあるはずです」

「もっと取るのか」

「金かどうかはわかりません。引っ張りたいものは、いろいろあるようですが、坊主組には知らされないのです。黒堂和尚からは、たいてい『女を溶かしたら五両だ』とかそんな感じです。和尚さんたちは他に狙いがあるのかも知れませんが、その内容は拙僧たちは聞けません」

「もしかしたら、五両なんてもんじゃない、でかい銭が動いているのかも知れんぜ」

「たとえそうであっても、拙僧は五両でよいのですよ。つもれば百両になります」

「一発勝負をかけて、女を独り占めしようって奴はいないのかい。直《じか》っ引きの方が儲かるだろうよ」

和清は天井を眺めながら聞いた。

どこに耳があってもおかしくない。

「過去《まえ》にそんな奴もいたそうですが、あっさり消されたようです。あの虚無僧たちの腕は相当なものですよ。日々、裏庭で剣術の稽古をしています。安潤僧もゆめゆめ奸計《かんけい》など企まぬことです」

立雲の双眸から放たれる光は、どこか冷ややかだった。

「さようか」

和清はつるつるにしたばかりの坊主頭を撫でた。

「いまここに居る坊主は大方が拙僧と似た生い立ちです。やむにやまれず無宿人となり、食い詰めたところをこの寺に拾われた者たちばかりです。こうして雨露がしのげ、御飯《おまんま》が食える場所を与えられたことだけで果報と思っていますよ」

立雲も光る頭を撫でた。

「ここにいる者たちは、もともとの無頼ではないということか」

「はい。無頼の出ではありません。武家や商家の息子たち、町医師や大工の倅もいます。いずれも親が不始末を犯し罪人になったために、路上に投げ出された者ばかりです」

面がいいだけではなく一通りの学問を修めた者たちということになる。

根っからの陰間と異なり、聞き分けがいいわけだ。

この手合いは、志を持たせると従順に働く。天保座の座員に似ている。

「とはいえ色坊主もいつまでも続けられる商売でもあるまい」

「はい。他の坊主仲間とも語り合っていますが三年ほどで上がるつもりです。拙僧たちには年季があるわけではありません。ただここにいると食費を払うだけで暮らせるので、銭は貯まるのです。三年も働くと、小体な茶屋や料理屋ぐらいは持てるでしょう。その気になればもう少し大きな商いをする元手が出来ます。みな失った平穏を取り戻したいのです」

言い終えて立雲が照れ笑いを浮かべた。

和清は感心した。

そして己の生い立ちも語った。

筋書き書のおさらいになるのでちょうどよかった。

面白おかしく聞かせ、

「ってわけだが、池之端で黒虎連と揉めちまったわけさ」

と〆《しめ》た。

「それで、ここへ売られたのですか」

「まぁ、そんなところだ。縄張り荒しの始末金ってことで、百両の枷《かせ》をかけられた」

「百両引っ張るとなると、売れっ子の義太夫《ぎだゆう》か女札差《ふださし》でも色惚けにしないことには、難しいでしょうな。こっちでいけるなら歌舞伎の女形か女に飽きた商人とか」

と立雲が親指を立てた。

「いや、そっちはからっきしだめなんだ。証文にも女色だけってことになっている」

和清は高笑いをしてごまかした。

そのとき襖の向こうから声がかかった。

「久弥でございます。黒堂様からの言伝《ことづて》がございます」

「あぁ、爺さん、お入り」

立雲が張りのある声で答えた。

「立雲僧。酉《とり》の刻（午後六時）に客殿の鶴の間へお越しくださいとのこと」

襖の前に端座した久弥が言う。鬢《びん》は真っ白だった。

「お相手は」

「山形屋のお内儀、喜代様でござります」

この爺も小者という割には、言葉遣いがしっかりしている。いずれ士分の出ではないか。和清は、弥助の白い鬢を凝視した。

見事な白さだ。

いや、ちょいとばかり白すぎる。

「やるだけでいいのですね」

「はい。そのように聞いております。ただ、途中でお止《や》めになって欲しいと」

久弥が照れくさそうに言う。和清は黙ってやり取りを眺めていた。

「あぁ、寸止め地獄にしろと」

「しかとは」

「任せておきなさい」

立雲は胸を張った。

「安潤僧にも言伝が」

「おぉ」

和清は膝を乗り出した。

「喜代さまのお供の女中のお相手を願いたいと」

久弥が解《ほつ》れた白髪を撫で上げながら言う。

「ちっ。そいつぁ、いくらにもならなそうだな」

和清は不貞腐れてみせた。

「寺から三朱（約一万八千七百五十円）出ます。一刻《いっとき》（約二時間）相手をし、寝かしつけていただければよいと。金子《きんす》は引っ張れませんが、喜代さまが騒いでも助太刀できないように、くたくたにして欲しいとのことです」

言伝とはいえ、久弥もあっさり言ったものだ。

女に気を遣《や》らせるには、男も腰が抜けるほど奮闘せねばなるまいに。

「三朱で、潰せと言われてもな」

「拙僧の割からも、少し戻しましょう。半両（約五万円）でどうです。試し打ちと思えばそれでよいではないですか」

立雲が頭を掻きながら笑う。

——試しているのは、お前らだろう。

という言葉は呑み込んだ。

「なら、精一杯努めよう」

和清も笑った。もとより身体を繋げる気はない。口先勝負だ。

障子戸の向こう側、雀の啼《な》き声がした。それを汐《しお》に久弥は戻っていった。

「大きな取引があるようだな」

和清は首を突っ込んでみた。

「さぁどうでしょう」

立雲はあくまで色仕事にだけ徹しているようだ。

「あの大広間に酒はあるのかい」

「ありますよ。伏見《ふしみ》など下りものの酒がいくらでもあります。値は張りますが」

「後払いでいいのだな」

和清はまだ一文無しである。

「割から引かれるだけです」

「なるほど、なら呑みに行かねぇか。大分話を聞かせてもらったので、こちとらの奢《おご》りだ」

「いえ、拙僧は寝ます。色坊主稼業は、たっぷり寝ておくのが何よりも肝要ですので」

立雲は煎餅蒲団の上にごろりと横になった。

すぐに鼾《いびき》をかき始めた。

役者も色坊主もすぐに眠れる者ほど素質がある。この男は情夫《まぶ》になる天分があるようだ。

和清は静かに襖を開け、廊下へと出る。

くしゃみをした。二度する。奥の方の部屋から咳をする声が三度聞こえた。雪之丞も首尾よく相方と溶け込んでいるということだ。

そのまま大広間へと向かった。

初日の聞き込みとしては上出来だ。

三

酉の刻。

墨を流したような空に二日月《ふつかづき》が浮かんでいた。

相変わらず蒸し暑い夜である。

客殿の一階で和清は油屋山形屋の女中、おみちと相対していた。

いまごろ二階では、立雲が喜代相手に汗みどろになって奮闘しているはずである。

首尾よく寸止めをしたならば、すぐに階下に降りていく段取りになっている。もう一度上がるか否《いな》かは、黒堂の胸ひとつだ。

黒堂は何を仕掛けようというのだろう。

そこらあたりが気になってしょうがないのだが、取りあえず目の前の女中の気を引くことに専心することとする。

「おみっちゃんは、歌舞伎役者の贔屓《ひいき》はあるのかい」

色を交わすつもりはない。話術で誑し込むつもりだ。

朱塗りの盃に冷酒を注ぎながら聞く。

「それは椿《つばき》屋晴太郎《やせいたろう》ですよ。科《しな》の作り方がもう色っぽくて惚れ惚れするわね。もっともあたしは、お内儀《かみ》さんのお供で観に行くだけですけどね。女中が観に行くのはもっぱら小芝居。それも七十文（約千七百五十円）の切り落としだよ。けれど、あたしは見物代を払うなら、古着の一枚も買うね。幕が下りたら消えてなくなる夢を追うよりも、手もとに残る着物か帯だね」

と、おみちは酒をずるずると音を立てて呑んだ。

渋ちんだ。

この女中、銭などもっているはずがない。

和清を色坊主とみているので、口の利き方もぞんざいだ。歳の頃なら二十二ぐらいだろう。

「そうか。小芝居の瀬川雪之丞はどうだ」

それとなく聞いてみた。天保座の看板役者が巷《ちまた》でどれほど知れ渡っているか気になったからだ。

「くるくると飛ぶ役者だね。なんどか見たことあるわ。たしかにわくわくするけどね、あたしゃ天保座なら雪之丞より千楽師匠だね」

思わぬ答えに和清は驚いた。

「あんな爺さんがいいのかい」

「美男より渋爺《しぶじい》よ」

おみちが盃を差し出してきた。

「おっとすまない。どんどん呑みなされ」

伏見の銘酒を注いだ。この女中、なかなかの見巧者《みごうしゃ》だ。

「こんな美味《おい》しいお酒を呑めるのも、お内儀さんのお供のときだけだから」

「それなら、たんと呑んだ方がいい。どうせお内儀さんは、一刻は降りてこないさ」

また注ぐ。

「ほんとうに美味しいお酒だわ」

おみちの目が輝いた。酒好きのようだ。

「それにしてもお内儀さんは、夜に家を出てくるなんて平気なのかい」

堅気《かたぎ》の女房が女中だけを連れて夜遊びとは、珍しい。

「ご主人さまとは冷えていますからね。いいんでござんしょう」

「冷えているのか」

夫は山形屋幸太郎《こうたろう》というらしい。油屋としては元禄から続く老舗《しにせ》だ。

「越後《えちご》の雪のように冷えちまってます。家同士が決めたご縁だからね、おふたりはどうでもいいんですよ。お子もまだだし」

「お内儀の実家もそれなりの家ということかい」

「日本橋室町《むろまち》の蒲団屋『鶴亀屋《つるかめや》』だもの。見かたによっちゃ、あっちの方が格上ってもんですよ。使いにやってくる女中もうちらには横柄で、まったく気にいらないね」

おみちは眉を吊り上げた。

おおよその見当はついた。

大店《おおだな》同士とは言え、金の融通を頼んでいるのは幸太郎の方なのだろう。となれば喜代が坊主買いに夢中になるのも腑《ふ》に落ちる。

「どんどん呑みねぇ」

さらに注ぎ足す。

おみちがぐいっと盃を呷《あお》った。

顔が真っ赤になっている。

その目が好色を帯びる。

――それはいけない。

「おみっちゃん、あっしは面白い川柳をいくつも知っているけど、披露してもいいかい」

「藪《やぶ》から棒になんですか、それは」

おみちは膝を崩した。

「たとえば『女房と乗合《のりあい》にする宝船』ってぇのはどうだい。正月向けの川柳だ」

「えっ」

はじめおみちは、きょとんとしていた。よく呑み込めないらしい。

千楽から口伝を受けたとき、和清もはじめは呑み込めなかった。毎年摺《す》られる句集双紙『誹風柳多留《はいふうやなぎだる》』に収められた艶句《えんく》の一句だという。

千楽曰《いわ》く艶句は、すぐに意味が分かるのは品がなく、じわじわこみあげてくるものを上《じょう》とするらしい。

それでもう一度言う。

「女房と乗合にする宝船」

おみちはしばらく考えこんでいたが『あら、いやだぁ』と袖を振って頬を押さえた。

ようやく夫婦が同衾《どうきん》している様子が思い描かれたのだろう。

頬がさらに朱に染まった。

「こんなのもある。『歌舞伎観ながら人形の面白さ』というんだ」

繰り返す。

「『歌舞伎観ながら人形の面白さ』」

句に思いを馳せると、瞼にその像が浮かぶのである。

「おみっちゃんも切り落としで芝居を観ているときに、人形《さわり》をされたことはないのかい。二度や三度はあるだろう。男はあえて切り落としに入りたがる者もいるほどだ」

「あっ、やだ。そんなことされたことないわよ」

おみちはそう言うが、崩した膝が微妙に動いている。

さんざんやられた口のようだ。

見物客がぎゅうぎゅうに押し込まれた切り落としは、人形をする恰好の場となる。小芝居座などの切り落とし席などは『七十文のくじり場』などと呼ぶ不届きな輩もいるほどだ。

その後も、助平な艶句を立て続けに言い放ち、酒もどんどん注いでやると、おみちはすっかり出来上がり、和清の胸にもたれかかってきた。

「『夫さえ知らぬ所を医者が知り』なんてのもある。入れさせても見せたがらないのが、おなごだよな。けれどおみっちゃんだって中条流《ちゅうじょうりゅう》には大きく開くだろうに」

「中条流にも見せませんっ」

肘鉄砲を食らったが、おみちはその言葉を最後に、ずるずると滑り落ち、畳の上で寝息を立て始めた。

和清はやおら、おみちが提げていた風呂敷包みを開けた。

中身は喜代の荷物だ。

替えの羽織と襦袢《じゅばん》、それに手拭い、櫛《くし》、手鏡に白粉などがあった。情夫との密会の匂いを消すために、持参してきているのだろう。

巾着もあった。そっと覗いてみる。

さすがは山形屋の内儀である。小判が十枚差し込んであった。立雲の割は三両（約三十万）ということだ。

確かに三年も務めたら、商いの元手は相当貯まる。

ふと、薬包《やくほう》が目に入った。白包みと赤包みの二種あった。それぞれ手に取って開いてみる。白包みには白い粉。片栗粉のような真っ白な粉だ。赤包みは刻み煙草のような草。

和清はそれぞれを小指に載せ、懐紙に包んだ。

薬包をすぐに巾着に戻し、風呂敷も包み直した。

と、階段を駆け降りてくる音がする。同時に二階の座敷から、喜代の狂乱の声が聞こえた。立雲が仕事をしたということだ。

「不恰好、ご容赦くだされ」

格子柄の浴衣を羽織っただけの立雲が飛び込んできた。汗みどろだ。

「なんの。こちらも役目は果たした。女中は潰れている」

酔い潰れて鼾《いびき》をかいているおみちを指した。酒でも交わりでも、寝かしつければよいのだ。

「お見事ですな。着替えさせていただく」

立雲が押し入れを開け、あらかじめ小者が用意していた白襦袢と法衣《ほうえ》を取り出した。急いで着ている。

「立雲、私を捨てたわねっ」

喜代の叫び声だ。階段を降りてくる音と重なった。

「まさか」

立雲がうろたえた。

「黒堂和尚が隣の間に控えていたのではないのか」

「そのはずですが」

立雲が着替え終わるよりも早く、襖が開いた。

「立雲、この身体どうしてくれる」

赤襦袢だけを羽織った喜代は般若《はんにゃ》のような形相になり、血のついた木刀を突き出していた。目が血走っている。

「ひっ」

立雲は壁に背をつけ震えあがっている。

「待て、待て」

和清が両手を広げ制したが、喜代はそのまま木刀を振り下ろしてきた。物凄く速い。なんとか見切り、空を切らせる。

危なく肩の骨を砕かれるところであった。

黒虎連の男たちなどよりも、振りは速かった。この内儀、剣の覚えでもあるのだろうか。幸いにもすぐに虚無僧組の男たちがふたり追いかけてきて、喜代の背中に飛びついた。ひとりは額が割れて血を流している。喜代に木刀を奪われて打たれたようだ。

三人が縺《もつ》れ合いながら畳の上に倒れ込む。

「なんてくそ力の持ち主なんだ」

暴れる喜代を取り押さえるため、大の男ふたりが必死になっていた。

「いやぁああ。あたしゃ、このままじゃ悶《もだ》え死んじまうよ。十両やるよ。はやく入れなおしておくれ」

　喜代は背中と尻を押さえ込まれながらも、懸命に腕を立雲に伸ばし続けている。

　気を遣る寸前で外された女とは、これほども凶暴になるものなのか。和清は空恐ろしくなった。

「鎮まれ、鎮まれ」

　黒堂が入ってきた。襖の向こうに久弥が立っている。

「安潤僧は、その女中をこちらへ」

　久弥が小さな声で言う。

「相分かった」

　和清は、酔ったおみちを抱き上げ、廊下へと出し、その場に寝かせた。

「これほど暴れるとは思わなんだ」

　虚無僧組の男のひとりが言った。

「まさか、お前の木刀を奪うとは俺も思わなかった。そのまま押さえておきなさい」

黒堂が喜代の顔前にしゃがんだ。

「お内儀、立雲にはすぐにやらせますよ。こちらの頼み事さえ聞いてくれましたらね」

「なんですの。本堂屋根瓦修繕のための喜捨《きしゃ》なら、とっくに主人の幸太郎に伝えてありますよ。まさかあたしの実家からも引っ張れというのじゃないでしょうね」

喜代がひょっとこのように口を尖らせた。

「そのことではない。大坂《おおさか》下りの油の入っている蔵の鍵は、誰が番をしておる」

「えっ」

喜代は首を傾げた。

「何を惚けておる。鍵の番をしている者がおるだろう。いちいち幸太郎さんが開け閉めしているわけでもあるまい」

黒堂が問い詰めた。

「それは……」

喜代は立雲を凝視した。

「立雲からもお願いしてみてはどうだ。困っている村を助けねばなるまい」

これは咄嗟の芝居のようだ。

「実は、飢饉《ききん》以来、立ち行かなくなった村があります。拙僧が生まれた村です」

立雲が答えている。

女郎や陰間のお家芸ともいえる泣き芝居である。

「蔵番の手代、伊助《いすけ》が持っています。でも、それは山形屋の油を盗むということですか」

「いいや。一気に樽を抜くということではない。僅かずつ融通してもらうだけじゃ。伊助どんが困るようにはせぬわ。もちろん、お内儀がここに出入りしていることも決して漏らさん」

猫撫で声で言っている。

「それはまことですか」

喜代の眼《まなこ》は虚ろだ。

「まことだ。明けたらすぐにうちの者が伊助どんと接触をする。それで、間違いがなかったら立雲は喜代さんのものだ。他の女には売らない。なんならこの敷地の中に夫婦家《めおとや》を普請してもよいぞ。屋根瓦修繕へ喜捨していただけば、そこから捻出《ねんしゅつ》いたす。今夜はお泊りとして腰が抜けるまでやったらよかろう。方便は、伊助どんに近づく者に言わせる。料理屋で酔い潰れたが、世間体があるので朝帰りは避けたと。そんな口実でどうだ」

ひどい口実だが、夫婦仲はすでに破綻していると踏んでのことだろう。

「伊助は、七つ半（午前五時）に必ず銭湯『明神湯《みようじんゆ》』に行きます。毎朝のことで、四半刻《しはんとき》（約三十分）で店にもどることになっています」

喜代が落ちた。

虚無僧組の三人が黒堂の前に呼ばれ、ふたりは木挽町《こびきちょう》の銭湯へ、ひとりは尼寺に走らされた。

第五幕　謀議の男たち

一

山形屋の内儀、喜代の言《げん》に嘘はなかった。

あの夜、喜代は手足を縛《いまし》められたまま、虚無僧組が木挽町から戻るまでの間、それはそれは蟻《あり》地獄のような責め苦を味わったようだ。

そもそも気を遣る寸前に芯棒を抜かれ、途方に暮れているところを、手足を縛められ、立雲の指や口でさらに何度も高みに持って行かれて、極まる寸前ですっと手を離されるのを繰り返されたのだから、それはそれはたまらなかっただろう。

寸止め地獄は寅《とら》の刻（午前四時）まで続いた。

和清は喜代が廃人になってしまうのではないかと案じたが、喜代はのたうち回りながらも、なんとか正気は保っていた。

霍公鳥《ほととぎす》のさえずる時分。

虚無僧組のひとりが戻り、

「山形屋の蔵番手代、伊助が確かに明神湯に入った」

と告げると、黒堂が立雲に『よしっ』と命じた。

刹那、立雲は喜代の縄を解き、一気呵成《いっきかせい》に極みへと導いた。

和清が見ていたのはそこまでだ。

女中のおみちは泥酔したままで、明六つ（午前六時）まで起きることはなかった。和清と久弥で二階の座敷まで運ぶのが一苦労だった。

いったいその後、伊助がどうなったのか気になったが、聞くのは憚られ、和清に授けられた命《めい》である、おみちの気を引くことに専心せねばならなかった。

山形屋の様子やその後の喜代を見張らせるためだ。

地べたに影が長くなるころ、ようやくふたりを満春寺から送り出すことになった。

黒堂の手配に抜かりはない。

まずは、昨夜のうちに喜代本人に『料理屋で酔いつぶれ体裁が悪いので、日が昇ってから悠々帰ります。騒ぎたてないように。あなた様の廓《くるわ》遊びとは違いますので』と、一筆書かせていた。

その文を明け方、小者がこっそり山形屋の戸口に差し込んできたのだ。

さらに境内には、町医師の植松照庵《うえまつしょうあん》が呼ばれていた。

山形屋までふたりに帯同するとのことだ。

食当たりで養生をしていたと明かすためである。それで商家の内儀が昼帰りでも体裁はつく。

「立雲、さっそく夫婦家《めおといえ》の普請にはいってね。楽しみだわ」

町駕籠の前で喜代が立雲の尻を撫でまわしながら言っている。

腰が抜けるほど堪能したようで、色艶がいい。

「はい。今日にも黒堂和尚が棟梁《とうりよう》を呼んでくれるということですので、すぐに取り掛かるかと」

満面に笑みを浮かべている。

見事な色仕掛けだ。

本当に平屋を一軒建てるのだそうだ。もちろん喜代と立雲の専用の夫婦家などではない。あらたに宿坊を造るのだ。

一晩十両の貴賓坊だと聞いた。

「おみっちゃん。椿屋晴太郎にこっそり会わせてやってもいいぜ」

和清はおみちの耳もとにそう吹き込んだ。

「ほんとにっ」

はしゃぐおみちの口に手を当てる。

「あぁ、なんとか段取りつけるさ。ただし、本当にひとめだけだ。裏茶屋が取れるわけじゃない。通りのどこかで、ひとめだけ会わせる。まぁ、ひとことふたことなら言葉も交わせるさ」

「うれしいったらありゃしない」

「段取りがついたら、久弥さんを使いに出す。それまで、ちょいとお内儀さんの様子をうかがってくれやしまいか」

喜代に聞かれないように声を潜めた。

「様子って」

おみちも声を潜めた。

「立雲だって入れ込んでいるんだ。もう他には客は取れねぇし。喜代さまに逃げられたら立つ瀬がないだろう。かといってご主人と揉められても困るし」

　ここは黒堂に命じられたままを言う。

「だから見張れと」

「見返りは出す。これは色恋じゃない。商いだ」

と二朱銀（約一万二千五百円）握らせる。

「わかったわ。あたし安潤僧の味方になる」

　おみちは握った右手をすぐに袂に入れた。

「おみち。いつまでも名残《なごり》を惜しんでいないで、先を歩きなさい。まったく女中のくせに助平なんだからっ」

　喜代が垂れを上げて駕籠に入った。

「はーい」

　風呂敷包を背負ったおみちが、小走りに門外へと出る。続いて駕籠が出た。最後に植松照庵の駕籠が出る。

　日頃は開かずの門が開いて、駕籠が出終わるとまた閉められた。ここは世間とは門と壁で切り離された敷地なのである。

　立雲と共に見送ると、ちょうどそこに僧坊から雪之丞が出てきた。

僧坊の大広間で別々になって以来、まる一日、顔を合わせていなかったが、改めて剃髪したばかりのような頭が眩しかった。紫の作務衣《さむえ》もやけに似合っている。

「紫の作務衣とは」

隣に立つ立雲の目が光った。

「僧衣のように、何か位をあらわすものなのか」

和清が聞いた。

「虚無暗宗にはとくに位はありません。坊主組も虚無僧組も黒堂和尚のもとにみな等しく置かれています。ただ紫の作務衣は、ここぞのときの衣装です。拙僧もなんどか着ています。あの僧は、安潤僧のお連れですか」

立雲の声と目に、嫉妬の色が浮かんでいるように見えた。

「わしと一緒にここに売られた朝若、いやここでは朝峰だ」

和清は雪之丞を手招きした。

「朝峰、そちも昨夜は初陣《ういじん》だったのか」

「はい。夕刻、こちらの冬寛《とうかん》僧とともに広小路を流しまして、商家の娘さんを釣りました」

横に古参僧がひとりついている。先輩僧だろうが立雲ほどの輝きはない。小太りで鼻が平らな、どちらかといえばどんくさい感じだ。こちらは紺染めの作務衣である。

「ここにいるのは、運悪くわしと相部屋にされた立雲僧だ。世話になっている」

軽口を叩きながらふたりを引き合わせた。

「立雲でござる」

「朝峰と申します」

それぞれ合掌したまま会釈をした。

和清には、ふたりの美坊主の対面に、その場だけが明るくなったような気がした。

「拙僧は冬寛と申す」

どんくさい僧が、和清に頭を下げてきた。

「安潤という立派な僧名をいただいた。そこにいる朝峰は役者崩れだが、わしと組んで諸国を回っていた。縁あって満春寺に落ち着くことになったのだ。よろしく頼む」

「いやいや、とんでもござらん。拙僧はこの通り色気がありません。裏方役をうまくやって、朝峰僧のおすそ分けに与《あずか》りたいと、邪《よこしま》なことを企んでいるだけですよ。黒堂和尚もそれで拙僧と組ませたのかと」

冬寛の口調から、武家の出と察した。

見かけによらず、如才ない男なのかもしれない。

「そういう冬寛僧は料理がとても上手なのです。美味しい手料理で女たちを虜《とりこ》にしてしまうのですからたまげたものです」

今度は雪之丞が冬寛を褒め千切った。

「冬寛さんが、さっそく振舞ったのですか。それはうまかったでしょう。で、どちらで」

立雲が合掌したまま聞く。

「はい、広小路裏の四文屋です。煮物の味があまりにも濃く、食べられたものではなかったので、拙僧が厨《くりや》を借り、野菜を濯《すす》ぎ直して、新たに煮立てました」

冬寛は得意そうだ。

「ふろふき大根などは絶品でした」

雪之丞が追従する。

聞けば冬寛は昨夕、とくに命じられた的《まと》がなかったので、新米の雪之丞を連れて、近くの広小路を流しに出たそうだ。

満春寺の坊主組は、暇なときはふたり一組で、上野、浅草、両国の水茶屋や小料理屋を流して歩き、ひとめを引くことを心がけているらしい。

立雲曰く、特に銭儲けの枷《かせ》があるわけではなく、流して歩くのは、色気を身に纏うための修行の一環なのだそうだ。

通称『浮世流しの行《ぎょう》』。

常日頃から女の目を意識することによって、次第に所作に色気が付き、流し目なども照れなく出来るようになるという。

——役者の心得と同じだ。

と和清は感心した。

役者は板の上で芝居をするが、この僧たちは地べたに立ち、命のやり取りをするような、真剣勝負の芝居をしている。

役者は最初《はな》から虚《きょ》であることを示して演じているが、この僧たちの芝居は、常に真実として見せかけている。

和清が命のやり取りに近い芝居と感じるのはそこだ。

堅気には、たかが色恋芝居に思えるだろうが、昨夜の喜代ではないが色に狂った女は恐ろしい。

何をしでかすか分からないのだ。そうした意味では、色を売る坊主たちは、侍でいえば、日々果たし合いをしているようなものだ。

「それで、拙僧が厨で料理を作って出てきたら、店先が大騒ぎになっておりました」

冬寛が合掌したままおっとりした口調で言う。

「そのほうのふろふき大根の匂いに誘われたのか」

和清が突っ込んだ。

「とんでもありませんよ。店の一番前の縁台に腰を掛けていた朝峰僧の色気につられて、娘や年増が、どっと押し寄せてきたのでございますよ。もう大変な勢いで」

冬寛が身振り手振りを交えて言う。

さすがは雪之丞だ。

得意の目配せで、道行く女どもを引き寄せたようだ。

ちょいと小首を回して、誰にともなく微笑む、雪之丞の仕草はまさに天下一品の芝居で、和清は微笑仏芝居と名付けている。

「そこに冬寛僧のふろふき大根やら蕪汁《かぶ》が出てきたので、皆さん、どんどん注文なすって。店がいきなり十六文屋になりました」

雪之丞が笑う。

「して、その紫の作務衣は」

立雲が話の矛先を作務衣に向けた。自分専用の衣装を取られたとでも思っているのか、声が少し尖っていた。

「そこで冬寛さんが、女客を仕切ってくれて一番上等そうな商家の娘さんを、あっしに、あっそうじゃなくて拙僧につけてくれたのが始まりです」

「ほう」

立雲が冬寛に向き直った。

「すぐに拙僧らの近くで喜捨を乞うていた虚無僧に目配せし、黒堂和尚へ様子を伝えに行かせました」

浮世流しの行の際にも、近くで虚無僧は見張っているということだ。

「して黒堂和尚は」

立雲は気になるようだ。

「家斉公の御落胤《ごらくいん》ということにせよとのことでした」

「なんとっ」

立雲の頭がみるみる赤くなった。

「ひょっとしてその役は、立雲のものだったのではないのか」

和清は聞いてみた。時に無遠慮のほうが、本音を探るもととなる。

「いや、柄にもなく嫉妬しました。拙僧も修行が足りませぬな。見破られたのは面目ない。よいのでございます。これまでも黒堂和尚の決めることに間違いはありませんでした。御落胤の役は朝峰僧がふさわしいかと」

立雲の顔が元に戻った。

「たいした心の持ちようだ。感服した」

恨みを買わないように、和清も立雲を持ち上げておく。

「狂言回しはすべて冬寛さんがしてくれるのです。拙僧は笑って座っているだけの大根役者《だいこんやくしゃ》ですよ」

雪之丞も咄嗟に立雲の嫉妬を感じ取ったようだ。己《おのれ》を下げて見せている。

たしかに、その役柄は雪之丞の言う通りで、それらしくさえ見えればいいのだ。科白《せりふ》も少ない方が得策であろう。

雪之丞を御落胤に見せるのは、すべて冬寛の腕次第ということになるのだ。

「どちらの娘さんだい」

和清が尋ねた。

「本材木町《ほんざいもくちょう》の『中林屋《なかばやしや》』さんの娘、お鞠《まり》さんです」

雪之丞が穏やかな笑みを浮かべた。材木屋だ。

二十日の修行で頬は痩せこけてはいるが、その目を見ると気品が感じられるような笑みだ。難しい芝居だが、雪之丞は難なくこなしている。

「中林屋の娘かぁ」

和清は羨《うらや》まし気に言って見せる。

数多《あまた》いる女の中から材木屋の娘を選《え》りだすとは、冬寛はもはや侮れない。材木商ほど、幕府や諸大名に近い商人も少ないからだ。

中林屋の主人自身が御落胤と知れば、一気に食らいついてくるだろう。

娘の婿に迎え別邸でも与え、使い道が決まるまで隠しておけばいいのだ。

御落胤をここぞの時の切り札にする気だ。

おりしも家斉公が西の丸に退き、御殿の改築が噂されている。中林屋にとっては、咽喉から手が出るほど欲しい普請であろう。

「そろそろお鞠さまがいらっしゃる頃だ、開門をお願いします」

冬寛が客殿の中に声をかけた。すぐに小者ふたりが、たったいま閉めたばかりの門の閂《かんぬき》を抜きなおし門を開き始めた。

と客殿から黒堂が不機嫌そうな顔で出てきた。

「立雲、昨夜はでかしたな」

「たいそうなお店の娘さんのお出迎えですか」

立雲が薄ら笑いを浮かべた。

「違う、おまえとそこの新入り僧に用がある。話は僧坊の大広間でだ」

黒堂は、法衣を翻し、僧坊へと向かった。

和清と立雲もつづく。玉砂利の音がけたたましく鳴る。


話はまったくの別件だった。

「諦道《ていどう》と宗閑《そうかん》が下手《へた》を打った」

大広間の奥まったところに座るなり黒堂が苦い顔をした。小者がすぐに三人分の茶と煙草盆を運んできた。煙管は三本あった。

「ふたりは廻船問屋の丸川屋のお糸を引っ掛け、そろそろ枕を並べる頃合いだったのでは」

番茶を啜り、立雲が小首を傾げた。

丸川屋のお糸と聞いて、和清は驚いた。

天保座の隣の小料理屋空蟬で、旗本奴に絡まれていた娘ではないか。多江という女中と一緒に絡まれていたのを救ったのは天保座だ。

「引っ掛けまではうまくいったのだが、なんとあの女子《おなご》、枕を並べる段で、突然そんなつもりじゃない、と抜かしたそうだ」

黒堂が片眉を吊り上げながら煙管を取った。口をへの字に曲げて葉を詰めている。

「枕へ持ち込む手順が早かったんじゃないんですか」

「そうらしいや。諦道のほうへ入れ込んでいたので、さっさとやれと言ったのは俺だ。もう待っていられねぇんでな。だが、しくじった」

「お客の好みは、宗閑の方だったとか」

「いや、それはない。女中の多江がきっぱりと『お糸の好みは諦道だ』と言っていたそうだし、見張っていた虚無僧も、お糸は茶屋では諦道とばかり話していたと言っている」

「そいつは、ただの話し好きだったんじゃないですかね」

立雲があっさり言う。煙管を手に取りながら続けた。

「諦道は話し、上手いですからね。どちらかと言えば色気よりも語りで口説《くど》き落とす男ですよ。そこにはまっただけなのかもしれません」

鋭い見立てだ。

「そういうことらしい。しかし色坊主相手に、語りだけを楽しみにしていたなど、まったく食えねぇ女だぜ」

黒堂が火打ちを打った。

「それで和尚は、どうしようと」

「嫌われてしまった以上、諦道と宗閑の組は使えねぇ。そこで新たに立雲と安潤の組で引っ掛けて欲しい。この度の主役は安潤だ。ゆんべの艶句はなかなかのものだったそうだな。久弥が聞いておったそうじゃぞ。立雲は安潤の助言役を頼む」

言うなり黒堂はすぱっと煙を吐いた。

「和尚、色欲を求めない女を、落とすには手間がかかりますよ。早くて三月《みつき》。丹念に仕掛けるには一年かかるでしょう。その間、虫が付かないように見張ってもらわなくちゃならない。惚れさせるのは容易じゃない」

立雲は帯の隙間から、自前の葉を取り出した。

「あの娘を使って、なんとしてでも、聞き出したいことがある」

「それは、どんな話で」

和清がここで初めて口を出した。

黒堂にぎょろりと睨まれる。

立雲は煙草を吹かし始めている。そいつを聞いちゃいけないよ、という顔だ。

しばらく沈黙が続く。

「ちっ、おまえさん方にはゆんべ、俺らの手の内を知られちまったからな。見ての通り、喜代の色欲に付け込んで蔵から油を盗《と》る糸口を探るのが虚無暗宗の本稼業だ。色坊主はその鉄砲玉というわけよ」

そう言い放ち、黒堂が雁首を叩いた。葉を詰め直す。

「鉄砲玉であると承知で、拙僧は色を売っています。お気になさらず」

立雲はおだやかな調子で答えた。

「長崎から江戸の湊《みなと》に入ってくる『海潮丸《かいちょうまる》』が途中に寄る湊と日取りを知りたい。丸川屋の船だ。そいつをなんとか聞き出せ」

黒堂が声を潜めて、そう言った。

ゆうべは油屋の内儀からは蔵の鍵を預かっている手代の名と動きを聞き出し、今日は、廻船問屋の娘を誑かし、船の動きを聞き出せという。

雪之丞のことは材木商の娘に婿入りさせようとしている。

和清は、満春寺がなにかとんでもないことを企んでいる気配を感じた。

「わかりやした。どうにかやってみます」

「聞き出したらそれぞれに十両（約百万円）だ」

そう言って黒堂は、小者に酒をもってくるように叫んだ。

二

三日後。

和清と立雲は明石町《あかしちよう》に赴《おもむ》いた。

真昼の日差しを受けて、通りにふたりの影が長く伸びている。

鉄砲洲の方から聞こえてくる喧騒《けんそう》を背に、ふたりは深編笠を脱ぎ、手拭いで額の汗を拭いていた。

坊主頭はこんなときは楽だ。手拭いがつるつると滑る。

それにしても虚無僧の僧衣は暑い。

「立雲が女中の多江を色で落としたら、それで入船《いりふね》の日取りなんかは聞き出せるんじゃないのかい」

「いや、女中が船の日程など知る由がない。それどころか、娘係の女中が、主人《あるじ》の部屋になど近づくこともできませんよ。だが、娘なら父親の部屋に入っても怪しまれますまい。虚無僧組がそこまで調べておいてのことです」

丸川屋の筋向かいにある古本屋の前だ。

立雲の色気を消すために、わざわざ虚無僧の装束でやってきたわけだ。

「やはりお糸と昵懇《じっこん》にならねばならぬのか」

「もはや観念してください」

「ふん。まったく面倒くさい役回りになったものだ」

和清は店先に並べられている黄表紙を一綴《つづ》り手にとった。

『あんばいよしのお伝』とある。

鉄砲洲から潮風が吹いて、双紙をぱらぱらとめくった。

女義太夫竹本《たけもと》お伝の艶話《つやばなし》であった。文政《ぶんせい》の頃、江戸一番の淫婦とされていた女で、歌舞伎の坂東三津五郎《ばんどうみつごろう》などと浮名を流したことで知られる。

面白そうなので買うことにした。

艶話は、いくつ持っていても役に立つ。

千楽からは口伝で艶句なども教えられたが、京の僧安楽庵策伝の『醒睡笑《せいすいしょう》』の中から何本かの落し噺も習っている。

眠りを醒ますほど笑う噺ということで、寄席の噺家の落し噺にも使われているという。

その一の巻の写本も置いてあったので買った。

どちらも十文（約二百五十円）だ。

「立雲、見張っておいてくれ。拙僧は、これで噺の種でも仕込むさ」

双紙を振って見せる。

「そんな付け焼刃で、できるんですか」

「なあに、種さえ見つけりゃ、あとは嘘八百だ」

『醒睡笑』の中から、使えそうなものを探す。

落し噺を何本かそらんじてみる。なかなかしっくりこなかったし、隣に立つ立雲も笑わないので、没にする。

『祝いすぎるも異なもの』という落し噺を拾った。ざっと頭に入れる。

お糸はなかなか出てこなかった。

「虚無僧組の調べでは、昼過ぎには日本橋か両国に向かうはずではないのか」

和清は苛立《いらだ》ったふりをした。

「そのはずですが」

立雲も生欠伸をした。

「ところで山形屋の伊助という手代はどうなるんだろうな」

あえてひとりごちたように言う。

「今頃はもう尼僧に嵌《は》まっていますよ」

立雲はそう言い、すぐにしまったという顔をした。

「尼僧ってどういうことだよ」

「いえ……しかとは……」

「水臭《みずく》せえな。そんな顔するなよ。べつに根掘り葉掘り聞き出そうってんじゃねえんだ。こうやって立っていても暇《ひま》だろうがよ。なんか喋《しゃべ》ろうぜ」

炎天下なので立っているだけでくたびれる。

「『満秋寺《まんしゅうじ》』ですよ。根津の縁切寺だったものを黒堂和尚が買い取りました。金を使い引っ張り切ったのち、色の道で使えそうな女を尼僧にしているんです」

「なんだ、岡場所に捨てるんじゃなかったのか」

「ですから、あくまでも色仕掛けに使えそうな女だけです。多少の学や芸のある女がそっちに振り分けられます。武家の奥女中とか腕のある芸者とかですよ」

「色坊主ならぬ色尼僧か」

「さようで。ただし、あくまでも囮《おとり》役です。情交したところを踏み込まれ、不義密通だと亭主役の虚無僧に凄まれ、わび状と借金の証文を書かされるわけです」

「阿漕な仕組みだな」

「はい、尼寺も黒堂和尚の情婦《いろ》がやっているわけですから。もしも伊助さんが見栄えのする男だったら、いずれ坊主にされるでしょう、不細工だったら虚無僧です」

立雲がふたたび頭を拭きながら言った。ぴかぴかに光り出した。

それにしても、その仕組みは儲かりそうだ。

と、いきなり丸川屋の店内から、お糸と女中の多江が出てきた。久しぶりに見る顔だ。

「さてと。深編笠を被るとしますか。拙僧は尺八は不得手ですのでお任せします」

立雲に促され、和清も深編笠を被った。

双紙は懐に仕舞い、尺八を吹きながら後を尾《つ》けた。

ふたりは鉄砲洲通りを八丁堀《はっちょうぼり》に入った。

いやなところを通りやがる。

虚無僧ほど同心に怪しまれる者はいない。

不吉な予兆に息を詰まらせながら、和清はかつて住んでいた組屋敷のあたりを深編笠越しに眺めた。

まったく変わっていない。

そのとき、不意に通りの先から、ふたりの同心がやってきた。

驚いたことにひとりは南町の植草秀之進だ。

和清が同心株を売った相手である。

もうひとりは北町の樋口大二郎。

最悪なふたりだ。

しかも先《せん》だって下谷広小路の手前で、樋口と出会ったときとは異なり和清は髭も剃ってしまっているため、だいぶ元の顔に戻っている。

樋口ならば見破るであろう。

そのうえ、目の前にはお糸と多江、横には立雲が並んでいる。

これは面倒なことになった。

「そこの虚無僧、止まれ。同心組屋敷の前だ。顔を検《あらた》める」

案の定、樋口が手を挙げた。

立雲が素直に顔を出そうとしたそのときだった。

「あらら尾張町の津川屋の秀造さんじゃないか。珍しい恰好をしていますね。叱《しか》られないのかい、同心のなりなんかして」

「おうっ、お糸さん。お久しぶり。いやあっしはね、ではなくて、拙者はだ。そう拙者は三年前に同心の植草家の養子に入ったんですよ。いまは植草秀之進と申します」

小太りの男が揉み手をした。

「やめろ秀之進、おぬしはもう商人《あきんど》の三男ではあるまいっ」

樋口は声を荒らげた。

「まぁまぁ、樋口殿、そう商人を嫌いまするな。もう津川屋の手代が待っていま
す。一緒にこの黒紋付と小袖を誂《あつら》え直しましょう。ほんとは正絹のほうがいい

んですがね。さぁ急いで」

植草家の名を継いだ秀之進が、樋口の袖を引いた。

「ばか、絹の着物をきた同心がどこにおるんじゃっ」

「では樋口殿のぶんは、誂えなくていいんですね。それじゃ、お糸さん、さいなら。拙者はいませんが、津川屋を御贔屓に」

秀之進はさっさと組屋敷に足を進めてしまった。

「おいっ、待て。わしの小袖と羽織も誂えてくれると言ったじゃないかっ」

樋口は、和清たちには構わず、秀之進の背中を追った。

助かった。

「秀造さん、前よりかっこよくなったわ」

お糸はそう言ってまた歩きだした。

和清たちも、間をおいて続いた。

あろうことか、お糸が辿りついたのは、日本橋でも両国でもなく、葺屋町であった。

それも天保座の手前の空蟬に入ったのだ。

「立雲、店が小さすぎる。先に入って多江を連れ出してくれまいか。お糸がひとりになったところで、拙僧がお糸を話術で切り崩す。一刻（約二時間）後に、迎えに来てくれないか」

「安潤僧は一刻で誑し込めますか」

「引き付けぐらいはできるだろう。いったん引き付けたら、三日後にまた両国で落ち合う段取りをつける算段だ」

「なるほど。それでは拙僧がなんとか、多江を目で殺してきましょう」

すると立雲は、露地に入りさっと法衣を脱いだ。中に浅黄色の作務衣を着ている。法衣は風呂敷に包み深編笠と共に、露地に置いたままにした。

売れている色坊主は、法衣と深編笠ぐらい捨ててもいいのである。

店に入った立雲は、ほどなくして多江を連れ出してきた。

「市村座の切り落としで見物しようじゃないか。二幕を見たところで戻れば、お嬢さんにも叱られないのだろう」

「はい、七つ（午後四時）までに戻ったらいいって言われましたから」

並んで歩く多江の声はすでに上擦《うわず》り、手は立雲の尻にあてがわれている。芝居小屋の切り落としで、人形《さわり》を働くのは、今日日《きょうび》は男ばかりではないようだ。

立雲が多江を口説いている間に、和清も着替えていた。

紺絣の作務衣だ。

そっと空蟬の前に立つ。

「いらっしゃい。あら、またお坊さんだわ」

お栄の目が笑っている。

和清が立雲と共に、近くに立っていたときから気づいていたに違いない。

「おかめ蕎麦はあるかね」

符牒で指示をだす。

「すぐにでもご用意できます。こちらのお席にどうぞ」

お栄が、窓際の席へと進んでいく。

「お糸さん、またお坊さんですよ」

「えっ？」

お糸が和清を見上げた。

ひと月ほど前にこの店で、天保座の東山和清として出会っている。お糸が、旗本奴に絡まれていた日のことだ。

「安潤と申します」

つるっ禿《ぱげ》の頭を下げる。

人の記憶とは曖昧《あいまい》なものだ。

同心の樋口ならば見破るだろうが、一度きりしか会っていない者で、しかも髷がなくなっているので気づかれまい。

「こちらは鉄砲洲の丸川屋さんのお糸さんです。安潤さんとは初めてですね」

と、お栄がさりげなく助太刀を入れてくる。

「さっきの立雲さんのお仲間ですか」

お糸が、訝《いぶか》し気な目を向けてきた。

「はい。立雲とは僧坊でも相部屋ですよ。とはいえ立雲ほど熱心に修行をしておりませんので、もうだめ坊主です」

和清は緋毛氈《ひもうせん》の敷かれた縁台に腰を下ろした。

「ならば諦道という僧はご存じですか」

お糸の目が尖った。

「はい。女子《おなご》に人気のある僧ですね。やはりご存じでしたか」

「ご存じも何も、私、あのくそ坊主に手籠めに掛けられるところでした。私は、諦道の法話を聞くのが楽しくて贔屓《ひいき》にしていただけなので、あの男は何を勘違いしたのでしょうね」

お糸は目の前の煎茶をゴクリと飲んだ。善哉《ぜんざい》のお椀はからになっていた。

「それはひどい目に遭いましたね。拙僧から和尚に申し出て、折檻《せっかん》させましょう」

「ほんとですかっ」

「当たり前です。丸川屋さんのお嬢さんに手を出すなどもってのほかです」

言いながら店内を見渡した。

天保座の役者が席を埋めていた。それぞれ職人や町娘、手代風を装っている。大工に扮した団五郎が、蕎麦を食っていた。

「事なきを得ましたので父にも言っていませんが、父が聞いたならば、奉行所に申し立てたことでしょう」

「お糸さんが踏みとどまってくれたおかげで、満春寺も事なきを得たようなものです。当寺が代わって成敗しなければ、お糸さんも収まらないでしょう」

「よくぞ言ってくれました。お栄さん、安潤さんに汁粉でも」

「はい、まいどっ」

お栄が裏へ奔る。

摑みはうまくいったようだ。

「お糸さん、諦道をどんなふうに懲らしめて欲しいですか」

そんなふうに話を振るとお糸は考え込んだ。

「腹でも切らせますか」

「いや、そこまでは望みません」

汁粉が届いた。お糸の分もある。

一口啜る。甘過ぎず、水っぽくもなく、なかなかの味だ。

「では、諦道の舌を抜きましょうか」

「いやぁ、それは痛そうですね」

「黒堂和尚も諦道が舌を抜く分には、どんなに痛くても、すぐにやらせてくれますよ」

「ほんとですかっ」

お糸が目を丸くしながら、汁粉を啜った。

「ほんとですとも。和尚は下が痛いことには無頓着です。はい、諦道も拙僧も下々のものですから」

周囲の客がどっと笑った。仕込んだ役者たちは、この場合、囃《はや》し立て役だ。注文した『おかめ蕎麦』とは、天保座用語で笑い役の隠語である。

「まぁ、サゲ噺ですね。面白いっ」

お糸は手を叩いて笑った。駄洒落《だじゃれ》がすぐにそれとわかるのは、頭が良い証だ。

「さて、どんな仕打ちをお望みですか」

汁粉に添えられた塩昆布を舐めながら笑う。

「もうどうでもよいですわ。安潤さんは、お話が上手そう。なにか法話を聞かせてください」

お糸が目を輝かせた。色より知への欲が強い女のようだ。

「拙僧の法話は寄席の聞きかじりですぞ」

「それこそ聞きたいです。でも艶話はいやですよ。諦道は、途中からいやらしい話ばかりで、うんざりしました」

「いやはや、拙僧は色気がないものですから、頼まれても出来ません。お堅い話ばかりです」

「安潤さん、ぜひ。喜捨は弾みます」

「それでは」

と和清は一呼吸置き、小噺を始めた。『醒睡笑』から得たものだ。

「上方《かみがた》の有馬《ありま》温泉ではの……」

長屋の古老のような声色に変えただけで、客がどっと沸いた。釣られてお糸もぱっと笑顔になる。

「……湯に入る客のひとりが、宿の主人にこう聞きました……」

ここで店内は、水を打ったよう静まり返る。

「……『鶏は羽をバタバタさせて、こっけこう、こっけこうと鳴きますよね』……すると主人は『有馬の鶏は、よそとは違います』」

大工姿の団五郎がここで『ほう』と唸って背筋をただす。

「……『どう違うのですか』と客」

ここで客が数人立ち上がって、和清を覗き込んだ。お糸も食らいつくような目だ。

「主人は『有馬の鶏は、元日から大晦日《おおみそか》まで、羽をカサカサさせて、かっけこう、かっけこう、と鳴きまする』と答えたそうな」

僅かの間があり、最初に半分が爆笑し、一息置いて残りの客も笑い出す。

「わかりましたっ。有馬の湯はカサカサの肌に効き、脚気《かっけ》にもよいということですね」

お糸が瞳をキラキラさせて拍手してくれた。

和清としてはひやひやものだったが、座員がうまく笑いを誘ってくれた。

「お糸さん、貧乏神も十番目の月には出雲《いずも》にはいかないそうだ」

続いてそう振ってやる。

お糸が指を折って、『睦月《むつき》』、『如月《きさらぎ》』、『弥生《やよい》』、『卯月』、『皐月《さつき》』、『水無月』と数えだす。

「あっ、神様がいない月だから、行ってもしょうがないと。神無月《かんなづき》と」

その声に、四方から『あっ、そうか』と『なるほどねぇ』の声が飛ぶ。オチがわからなかったという体《てい》だ。

それでお糸は得意満面になる。これも『醒睡笑』にある噺だ。

和清はそこから立て続けに落し噺を披露した。

お糸は笑い転げすっかり打ち解けた。

あっという間に一刻は過ぎる。

立雲と多江が戻ってきた。多江はふらついていた。

「いやぁ、面白かったです。安潤さん、またお会いできますか」

「はい。この店がいいですね。ここでは堂々とお話ができる。上野や寺では、勘違いが生じる」

「まぁ、なんと清々しいことを。私、安潤さんには心を許せそうです」

この店だから、うまくいったのだ。今日は、もっけの幸いだった。

引き上げる前に、そっと厨房にまわり、お栄に今後の段取りを伝えておいた。


二日後。

空蟬で再会した。立雲と多江はまた切り落としに出かけていた。

和清が、お糸をさんざん笑わせている最中に、お栄が隠居役の千楽と大工役の団五郎に芝居を始めさせた。

「五郎、おめえ、雨も降っていねぇのに、三日も仕事に出ねぇで、どうしたんでえ」

千楽が猪口《ちょこ》を呷りながらいきなり絡む。

「ご隠居、材木が入らねぇんですよ。海潮丸ってぇのが、今頃どこの海にいるのか、てんでわからねぇ。そいつが江戸湊に入らねぇことには、御飯《おまんま》の食い上げだ」

不貞腐れた団五郎が足を組んで、べらんめぇ口調で言う。

団五郎、こうした芝居は得意だ。『攻めの雪之丞』に対して『受けの団五郎』

と呼ばれる所以《ゆえん》だ。

「そりゃ、てえへんだな」

「せめて、いつ入るかぐれぇわかったら、大家に金を借りられるってもんだ」

「そうだよなぁ。どこの湊を回ってくるんだろうねぇ。それで見当もつけられようってもんだ」

千楽が天井を見る。

「海潮丸と言いましたか」

お糸が立ち上がった。

――嵌まった。

和清は小躍りしたくなる気持ちを抑えた。

後は早かった。

和清はあえてその話には一切触れなかった。

翌日、空蟬にやってきたお糸は、お栄にあの大工はいないかと聞き、茶を貰った。

間もなく団五郎が店にあらわれると、

「海潮丸が江戸湊に入るのは、まだ十日先ですって。すでに大坂を出ていますが、明後日にはいったん清水《しみず》に寄り、そこですこし荷の上げ下ろしがあるようです。果たして、材木が積んであるのかどうかは定かではありませんが、清水から先は江戸までまっしぐらだそうです」

と一気に喋ったそうだ。

それを一字一句漏らさずお栄が書き留めた。

和清はなに食わぬ顔で、その翌日また空蝉でお糸に会い、落し噺を延々とやった。噺の途中、お糸は和清にも自慢げに海潮丸の航路や日程を語った。

番頭もそのぐらいは気安く教えてくれたそうだ。

三

「藪入り直前に入って来るってことだな。清水湊に入る前に知れて、助かった。安潤、大手柄だ」

お糸から聞き出したことを伝えると、黒堂は大喜びした。

「後は適当に文でも出して、付かず離れずにいたします。心を摑むのは、運次第ですので」

「まぁ、色で落とせぬ女であれば、深追いは禁物じゃ。しばらくは寺内に隠れておれ、給金は出す。おまえは色で売るよりも他の使い道があるようじゃ」

黒堂がかっかと笑い、僧坊を出て行った。

寺の中に隠れておれ、とはよく言ったものだ。要は外に出るなということだ。

それはそれでありがたいことだ。

和清は丸一日、僧坊で眠り、その後も数日、寺の中で怠惰《たいだ》に暮らした。

寺ではあるが、経を唱える声はなく、線香の香りよりも煙草の香りが強い。

ほかの僧たちは、寺内《じない》における待機中も、色を磨くことに余念がない。

日に三度も湯浴《ゆあ》みをし、大広間の食事どころでは、滋養によいとされる薬草を、ふんだんに摂《と》っている。

昨日は京橋の呉服屋がやってきて、僧たちは気に入った反物を選んだ。

黒堂の払いで、年に二度、ひとり二点まで選べるというのだ。

新入りの和清も呼ばれたので、縦縞の木綿《もめん》をひとつ選んだ。

十人分の着物の仕上がりは、長月《ながつき》（九月）のはじめということだった。

江戸の庶民が生涯に手にする着物は、せいぜい五着で、擂り切れたら当て布をして着るのが当たり前の世である。

三年で六着もの誂え品は、ひと財産だ。

これだけ僧たちを手厚く遇するのは、裏を返せば、何が何でも武家や商家の女を落としたいからであろう。

単に金を稼ぐだけならば、ここまではしない。

見上げる空に、浜町で、殺された旗本の奥方の顔が浮かぶ。

いまに山形屋の喜代も同じ運命《さだめ》を歩むことになるのではないか。

立雲はじめ僧たちに悪意はない。彼らとて生きることに必死なのだ。

この寺の僧たちも解き放してやらねばなるまい。

和清は僧坊と渡り廊下で続いている湯殿に向かった。渡り廊下を進むとき、庭で虚無僧組が古武道の稽古をしている様子が見えた。

「えいっ」

「突き」

気合が入っている。得物《えもの》は尺八である。時おり、手刀も見せた。

新陰流《しんかげりゅう》と古武道の拳法を組み合わせたような動きだ。

あれはなかなか手堅い。

それに太刀を用いずに、相手を倒すことが出来る。不気味であった。

湯殿の戸を開けると、そこはほとんど銭湯と変わらぬ造りだ。作務衣を脱いで、石榴口《ざくろぐち》から洗い場に入る。

いまは誰もいない。

湯船に雪之丞が浸《つ》かっていた。

「朝峰僧、中林屋のお鞠さんとはどうなった」

湯煙の中で声を張る。

「おかげさまで、母さまにも気に入られたので、養子に入れそうです」

と声がしたが、胸の前で指を動かしている。指話だ。

『ご相談』とある。

和清は掛け湯をして浴槽に入った。雪之丞と並び小声で話をすることにした。

「びっくりする話があります」

雪之丞がぼそっと言う。

「もったいつけるな」

和清は両手で湯を掬《すく》い、顔をあらった。

「浜町でおようという女を刺殺していた坊主を見つけました。春慶と言います」

「なんだと」

「昨日、たまたま、本堂の前に春慶がいたので冬寛が引き合わせてくれました。あの時は返り血を浴びて、仁王のような顔になっていましたが、昨日は穏やかな顔で、女に色を振りまいていました」

和清の胸の動悸が一気に速くなった。

「向こうには気づかれなかったか」

和清は聞いた。間者《かんじゃ》になって敵陣に入り込む中で、最大の恐怖は面が剝がされることだ。

「いや、あの夜、あっしらは頬被りをしていましたし、いまはこれほど人相を変えています。春慶の目をじっと見ていましたが、疑っているような光はありませんでしたぜ」

和清はほっとした。

「春慶はやはり大店《おおだな》の女を引っ掛けていたのかい」

その女がまた殺されるかもしれないのだ。

「柳橋の人形屋『京月屋《きょうげつや》』の女主人でした。三十路《みそじ》過ぎの年増でしたが、色っぽい女で春慶とは夫婦《めおと》のような口調で語り合ってましたね。秋絵《あきえ》という名でしたよ。もう長い間柄のようでした。どういうわけか季節はずれの雛《ひな》人形を何体か持って来ていましたよ。三人官女です」

「人形屋の女主人とはな」

和清は首を傾げた。

油屋や廻船問屋ならばなにやら武器と繋がってくるのだが、人形とはまた細かい商売だ。

ただの金のためだけであろうか。

「ところで座元、中林屋に婿入りして、その後あっしはどうするんですか」

「入ってみねぇことには、分からないだろう」

と和清は返す。

表で虚無僧組が気合を入れて叫んでいるので、湯の中の話は掻き消されている。

「それって、いつまでかかるんで。一年とかいわれても、あっしはいやですよ」

口をへの字に曲げている。

雪之丞としては、さっさと舞台に戻りたいのが本音であろう。

『この演目の上演は二月《ふたつき》だ。いまが峠《とうげ》だ。長月には、おめえもまた髷を結っているだろうよ。じきに魂胆が読めるさ』

言って、ざばっとそのまま湯の中に潜る。

『中林屋から逃げるときの段取りを聞いていません』

湯の中で、雪之丞が指話を送ってきた。和清は浮上した。

「寝小便でもして、愛想を尽かさせろ」

口で言ってやる。

「そいつはかっこ悪すぎますさあ」

湯を出て、身体を洗った。

しばらくして何人かの僧が入ってくる。

その中に、肩から右腕にかけて梅の花びらを幾重にも散らした彫り物をしている僧がいた。

『あのまん中にいる僧が春慶ですよ』

雪之丞は指話で伝えてきた。

「ほう」

和清は息を呑みながら春慶を見やった。

千両役者も羨む美坊主だ。

だが湯煙の中の梅の彫り物は毒々しい紫色で、悪の華に見えぬこともない。

いずれせよ、この寺には、もはや長居はできなそうだ。春慶とたびたび顔を合わせたならば、きっと気づかれる。

四

その日、和清は夕刻から客殿の天井裏に忍びこんだ。

客殿二階は、八畳の座敷が五間あるが、夕暮れ時は、僧と馴染客の逢瀬の場となり、さながら廓《くるわ》の様相を呈していた。

廓と違うのは、それも暮れ六つ（午後六時）となれば一気に退けることだ。せんだっての喜代のような泊りはまずないとのことだ。

黒堂は坊主たちに遅くとも戌《いぬ》の刻の間（午後七時〜九時）には、すべての女を帰らせるようにしつけている。それぞれの家で無用な悶着を起こさせたくないためだ。

ひと通り同輩たちの手練手管の技を見物させてもらい、しばらく屋根裏で寛《くつろ》いだ。

すでに客も坊主も去った後で、小者たちが蒲団を片付け終えていた。

立雲は、部屋で寝ている。

黒堂から命がない日は、ひたすら寝ているのが立雲だ。その黒堂は、昼から出掛けている。

亥《い》の刻（午後十時）。

ようやく二階の一番奥の部屋に灯りが点《とも》された。

「ささ、米原《よねはら》様、どうぞ」

黒堂の声がした。

一番奥の座敷だ。

和清は梁を伝い、その座敷の上へと進んだ。

半刻（約一時間）前まで宗閑が、どこかの武家の奥女中を後ろから前から、身体を合わせていたところだ。まだ情交の残り香が漂っているようであった。

そんなところに客人を通してもいいのか。

先刻、錐《きり》で開けた小穴から覗くと、黒堂の後から春慶がついてきた。

「春慶、このお方は、岸森《きしもり》藩の江戸詰め番方の米原伊蔵《いぞう》様だ。今夜は、おまえと直に話したいそうだ」

これが黒幕か。和清は俄然、穴に目を近づけ、耳を澄ませた。

「ははあ、春慶にござりまする」

黒堂に促され、春慶が平伏している。

床の間を背にして座っているのは、恰幅《かっぷく》のよい四十がらみの武士だ。色艶もよい。

岸森藩は長州《ちょうしゅう》の支藩だ。

長州毛利《もうり》家は、将軍の御代替わりと期を同じくして、この年毛利慶親《よしちか》が藩主の座についている。父と兄が相次いで急逝したための相続だが、慶の字は将軍家慶公から偏諱《へんき》として与えられたものだ。

まだ十八歳と若いが、海防強化を掲げ藩政改革に乗り出しているとの噂がある。一方で長州にはかねてより南蛮との密交易の噂もある。

三十六万石とされる石高は、実のところはそれを遥かに上回るとする風聞もあった。

幕府としては、薩摩島津《しまづ》家と共に、眼を光らせていなければならない外様《とざま》雄藩なのだが、その長州の支藩である岸森家が、なぜこんなところにいる。和清は首を傾げながら穴を覗き続けた。

「お幸のことは、よくぞやってくれた。絵図面、確かに受け取っている。おようにもよくぞ駿府の下っ端役人のことを調べさせてくれた。おかげで船荷の検めをする役人を籠絡することができたぞ。駿府内にあの荷が下りたことが発覚すると、幕府は大慌てするはずだ。天領の役人たちに妙な薬草がはやっていたらまずいであろう。大いに攪乱《かくらん》できそうだ」

役人の抜け荷の手引きをさせたに違いない。駿府は徳川由来の土地だ。そこでいったい何をする気なのだ。

「拙僧は女人《にょにん》を籠絡したままでのこと、西の丸御普請の絵図面のことも、南蛮渡来の草花のことも決して口には出しませぬわ」

平伏したまま言っている。

「うむ。賢いのう」

「はい、米原様、和尚様の世直しが成就《じょうじゅ》することを願ってやみません」

絵図面、草花とは何のことだ。

和清の胸は早鐘《はやがね》を打った。

「して春慶、人形の方への仕込みはどうじゃ」

米原が今度は人形と言い出した。

「はい、雛人形の三体に入れて戻しておきました。いずれも台座の隅に梅の花を描いております」

「京月屋の女主人は気づいておらぬだろうな」

米原が片眉を吊り上げた。

それも不可解な話だ。

「これまで通り、京の岸森藩邸からの文を届けていると思っておりまする。秋絵は、文を抜いた人形が戻されただけと思っているはずです」

京の岸森藩邸からの文とは？

「あいわかった。店にはいつ並ぶ」

「おそらく明日には並びますので、近々に御引き上げください」

「よしっ。すぐにあの方に伝える。五日先に、さらに京よりの人形が届くはず。それにも入れ込みを頼む」

「しかと承りました」

人形に何かを入れた、ということだ。

謀反《むほん》の符牒ではないか。

「では春慶、かねてより願いのあった当家へ仕官の件、しかと請け負った。髷を整え、霜月《しもつき》（十一月）には岸森長門《ながと》の我が城へ入られい。まずは藩内の寺社の綱《こう》紀粛正《きしゅくせい》から手をつけてもらう。適任であろうぞ。段取りはすべて江戸藩邸で整える」

やおら米原はそう切り出した。

「ははあ。春川氏慶《はるかわうじよし》、嬉しゅうございます。父、春川氏高《うじたか》の不始末により『春《しゅん》海神社《かい》』は断絶。以来十年、それがしは路頭を彷徨《さまよ》っておりました。京で黒堂和尚に拾われねば、とうに命運つきていたところ。夢のようでござりまする」

なんということだ。春慶は坊主ではなく宮司の倅であったのか。

和清は考えを巡らせた。

縺《もつ》れた糸を懸命に解く思いだ。すぐには答えは出ないが、春慶もまたその背負った宿命に対して強い遺恨を持っているのだろう。

この寺には、何らかの形で徳川の治世に遺恨を持った者たちばかりが集まっているということだ。

「手間賃は八百両（約八千万円）になるがよろしいな」

「はい、春慶のこれまでの稼ぎ、そっくり当寺で預かっております。どこへでもお持ちしますが」

黒堂が割って入った。米原が頷き続けた。

「春慶、その先もあることを忘れるなよ」

「はい。いつかは江戸の御城へ」

「そうじゃ。その通りじゃ。しかしその時は茶坊主ではないぞ。茶坊主などすべて追い払ってやるわい。城中はすべて神官にするのじゃ」

「しかと」

「仔細は追って伝える」

「ははあ」

黒堂も平伏している。

ここで春慶は下がった。

五

米原と黒堂はしばし、顔を見合わせたまま沈黙していた。

弥助が酒を運んできた。一升瓶だ。

そこでようやく米原が口を開いた。

「黒堂はいくら儲けたことになる」

「米原様の半分ぐらいですよ」

「この二年、よう働いてくれたのう」

「はい。たまたま御藩の出ということで、乞食宮司同然だったそれがしを、拾っていただきました。これからも米原様のご野心成就のために、身を粉《こ》にいたしまする」

米原の野心とは、倒幕か。

いよいよ核心に近づいた思いだ。

「そうよな。まずは藩内の寺を潰し、神社の興隆を手がけさせる。なあに寺は、黒堂と同じ手を使って腐敗させればよいのよ。折を見て手入れをし、すべて取り潰す」

と高笑いをした。

「『清明党《せいめいとう》』の決起も間もなくになりますな」

黒堂がずる賢い目をした。

——清明党。

それは何だ?

「うむ。黒堂も秋絵の持参した人形に入っていた文を読んでおろう」

「はい。『京神道陰陽神社《きょうしんとうおんみょうじんじゃ》』が、正式に清明党が氏子衆であることを認めてくれたとありました」

「そうじゃ。祇園《ぎおん》の京月屋がうまく仲介してくれた。これで、神道統一の乱の大義が立つ。これまで、京月屋は、京と江戸の取次も隠密裏にやってくれた」

「京月屋にも下心はございましょう」

黒堂がにやけた。

「それは商人《あきんど》だ。ことが成就したあとには、江戸城《おしろ》の人形、茶道具の一切を京月屋の品に改めてくれとのことだった」

「さようでございましょう。なにせ都の公家もいまでは暮らしが逼迫《ひっぱく》し、京人形も買い控えられていると聞きます。江戸の武士が公家趣味に走ってくれたら、商機があると見ているのでございましょう。公家趣味とはつまり神式。我らと組むと、いずれ江戸でも京月屋の独り勝ちとなりましょうぞ」

黒堂が追従している。

和清は驚愕した。

京神道陰陽神社は幕府の神仏習合の政策を嫌い、仏教排除、神道統一を唱える狂信的な陰陽師たちの一派だ。

幕府が目を光らせているが、表向き襤褸《ぼろ》は出していない。むしろ縁結び神籤《みくじ》で人気がある。

――これはややこしい。

和清は聞き耳を立てながら静かに額に手を当てた。幕府としても神道は決して否定できないからだ。

朝廷への不敬へと通ずるからだ。

満春寺はあえてそのことを隠すために虚無暗宗という仏教系の一派を名乗っていたということだ。

女犯による仏教の腐敗を天下に晒《さら》そうというのだ。

「江戸城《おしろ》を籠絡すれば、おのずと城中の作法も、宮中と同じになるというもの。それが先決じゃ。のう、黒堂」

米原が閉じた扇子で肩を叩きながら言っている。和清は狼狽《うろた》えた。

まさにこれこそ倒幕の謀議である。

「さようで。我らはすべて、米原様、いや岸森藩、ひいては長州がこれからやろうとしていることの目くらましになるだけ。清明党の乱も、駿府、江戸での阿片の蔓延も、これすべて攪乱《かくらん》の策」

黒堂がここで平伏した。

どういうことだ。倒幕の乱を起こすのではないのか。

「そうじゃ、江戸市中で、清明党が寺を打ち壊し、同時に駿府で阿片の蔓延が起これば、天下は大騒ぎになる。御代替わりしたばかりの家慶公は、打つ手を決めかねるだろう。老中も同じじゃ」

「大御所ならば、朝廷を恐れずに、一気に兵を挙げ、清明党を鎮めましょうが。駿府も見捨てましょう」

黒堂が総髪を掻き上げながら渋い顔になった。

「その大御所を、茶坊主がやる……」

ふたりはそこで高笑いをした。

暗殺する気だ。

「西の丸の絵図面はすでに拝見しました。手引きする大奥女中もおりまする」

黒堂が不気味な笑いを浮かべた。

――くっ。

和清は思わず声をあげそうになり、口を押さえた。

納得した。

西の丸の普請の絵図面は、このために手に入れさせたのだ。大御所が移った西の丸を再築しようとするものだが、これまでの仕来りで、御殿は以前とまったく同じ造りで建てるのだ。

先例踏襲。

幕閣につく者はすべて、先例に倣《なら》う。

繁文縟礼《はんぶんじよくれい》に縛られた幕臣とはそういうものだ。

新例を示すということは、二百数十年にわたって引き継がれてきた先人たちの知恵を、否定することに繋がるのだ。

事実、御城は、何度も改築されているが、その造作は、神君家康《いえやす》公の時代とまったく同じである。

「大御所が病で倒れた時に隙が生まれる。老中たちは責任のなすりつけ合いになり、政は立ち行かなくなるであろう。城内は混乱する」

「そんなときに、老中はじめ幕閣の主要な者たちの妻女たちの醜聞をまき散らします。わしらに限らず、あちこちの寺での女犯の実態は大方手に入れてありますす。旗本や大名の妻女の多くが坊主買いをしておりますのでな。妻女どもが淫らに振舞えば振舞うほど、わしらにとって好都合。色地獄へ落ちるとよいのだ」

黒堂は自信ありげだ。色坊主たちを使い、これまで多くの女たちを詭し込み、そこで得た機密を沢山持っているに違いない。

「幕閣の主要者たちを強請り、こちらの手先を城内に多数送り込む。そして茶坊主の総入れ替えを実現させる。そもそも旗本ばかりが、政を担うのがおかしい。関《せき》ヶ原《はら》の戦《いくさ》から二百年以上も経っておるのに、いつまで外様扱いをすれば気が済むのだ。蝦夷《えぞ》に露西亜《ロシア》が攻め込んで来たというのに、幕府はおろおろするばかりではないか。いまこそ有力大名を幕政に参画させるべきなのだ」

米原が顔を紅くしている。

「さよう。長州をないがしろにするは、不届き」

黒堂がおおげさに膝を叩いた。

「いまに長州は英吉利《イギリス》と組み、倒幕を目指す。ただそれにはまだ二十年の時を要するだろう。しかしまだ武器ではなく、阿片を仕入れるので精いっぱいだ。それを使って蓄財するという」

「その密交易も目立たぬように岸森藩が請け負っているのではないですか」

「そのとおり。わが藩は海に突き出た半島を持っている強みがある。その先で英吉利船から得た芥子《けし》の実や大麻《たいま》の葉を、江戸に向かう船に積み替えている」

廻船問屋の娘を誑し込もうとしていたのは、そのへんの事情からだ。船をよりうまく使いこなしたいのだ。

「岸森藩あっての長州藩ですな」

「だが、長州が戦の体制を整えるまで待ってはいられない。この国が動乱になれば、岸森のような小藩に出る幕はなくなる。いまなのじゃ。徳川を倒すのではなく、現将軍を傀儡《かいらい》にするのじゃ。それならば、武器を使わずとも、女と麻薬でできる。それに寺社奉行を使えば、城内の茶坊主の入れ替えも一掃もできようというものぞ。大御所さえなきものにすれば、もはや夢ではない」

　米原は高揚していた。

——こいつらとんでもないことを企てようとしている。

和清は怒りを覚えた。

「いかにも。幕府を内部から崩す、ですな」

黒堂が、酒を呷《あお》った。

すると、また襖の外で声がした。

「清太でございます。雷蔵を連れてまいりました」

口入れ屋の清太だ。

「うむ。入れ」

米原が承諾し、ふたりが入ってくるのが見えた。そのまま黒堂の背後に端座する。

「火薬も阿片もまもなく江戸湊へ入る。清水湊で英吉利物の一部は下ろしたと、飛脚が知らせてきた。天領でいまに大事が起こるわい」

黒堂が伝えた。

それは海潮丸の件に違いない。

――こいつら、天領の駿府で阿片を流行らせる気だ。

和清はいらいらしてきた。

「清太、油はだいぶ溜まったか」

今度は米原が聞く。

「いや、油はまだ四斗樽ふたつ分ぐらいで。尼僧が山形屋の手代を誑《たぶら》かすのに手間取りました。鍵を出させ、同じものを作りましたが、バレねえように盗るには、こつこつとで。いっぺんに抜いたら大騒ぎになりやす」

清太が膝に両手を突いたまま、顔を突き出していった。精一杯、働いていると言いたのだろう。

「わかった。乱を起こすのはまだまだ先だ。ゆっくり油をせしめろ。わが藩の蔵屋敷だ。大目付でなければ踏み込めぬ。安心して溜め込め」

あの蔵屋敷は岸森藩のものであったか。

さすれば、柳橋近く。なるほど京月屋にも近い。和清は合点がいった。

「へい」

清太が背筋を伸ばした。

「雷蔵、そちには、そろそろ暴れてもらう。黒虎連の名前で、日本橋、京橋界隈の豪商、葛飾の豪農をかたっぱしから襲え。旗本奴に喧嘩を売るのもいい」

「へい、でも浪人を回してくれるんですよね。俺らだけじゃ、旗本奴や店の用心棒とは闘えねぇ」

「うちの虚無僧組に手助けさせる。やつらは、剣を使わずとも薪や棒切れで、用心棒や旗本の倅などの額を割れる。とにかく黒虎連が暴れているという噂が流れればよいのだ。だから装束はそちらのような恰好をさせる。出せるのは十五人だ」

黒堂が断言した。

「わかりました。分かりやすいように揃いの法被《はっぴ》を着せやしょう」

「それがいい。市中を混乱させるのが、そなたらの役目だ」

雷蔵の案に米原が満足そうに頷いた。

「それでは、まだまだ金が掛かりそうですな。色坊主たちをもっと働かさねば」

黒堂が総髪を掻きむしった。

「なあに、火の海になったあとは普請《ふしん》よ。黒堂、材木屋の中林屋を抑え込めそうであろう。また和尚はぼろ儲けじゃな」

魂胆《こんたん》が読めてきた。

これは江戸城の乗っ取りを謀《はか》っているということだ。

そして、大御所を亡き者にしようとしている。

黒虎連や清明党の暴動はあくまで陽動策だ。

黒虎連の騒ぎは市中を混乱に陥れるもの。

清明党の乱は、幕府に神道をより重用するよう迫るきっかけつくりだ。

とどのつまりは、将軍直轄の寺社奉行が働きかけるのだろう。茶坊主の代わりに神官を差し出し、しだいに京様式への転換を図る。

それが幕府の貴族化への第一歩だ。つまり腑抜けにさせる策だ。

武士が剣を置き、花鳥風月《かちょうふうげつ》を愛《め》でたとき、士気は一気に下がる。

室町幕府の末路がそれを物語っている。

いずれ準備が整った長州が江戸攻めの号令をかけたとき、御城は岸森藩と通じた間諜だらけになっている。

その目的のために、こいつらは武家や商家の女たちを誑し込み、用済みになると殺していたということだ。

こいつはもたもたしておれぬわ。

和清は、潜りはここまでと決めた。

*

その夜のうちに、和清は雪之丞を呼び、満春寺を出た。次に来るときは、この寺を潰すときだ。

闇夜に紛れ、和清は数寄屋橋へとひた走る。雪之丞は天保座に向かわせた。

南町奉行所の塀を乗り越え、筒井の役宅の庭に飛び込んだ。

真夜中にもかかわらず、障子戸の向こうに文机《ふづくえ》に向かう筒井政憲の影が浮かんでいた。

筒井は今宵もこれまでの判例集を繰り返し読み直しているようだ。

和清は庭の白砂に膝を突き、障子に向かって柏手《かしわで》をうった。

「早いな」

と筒井が障子を開けた。

とたんに腹を抱えて笑い転げた。

「お奉行、なにがおかしいのですか」

「勝之進、わしより禿《は》げておる。そうか坊主になっていたのだな」

がははは、とまた笑った。

和清はこのまま帰ろうかと思ったが、取りあえず米原と黒堂の謀議の中身を伝えた。

筒井の目元がきりりと引き締まった。

「やはり満春寺が、先兵であったか」

「まさか長州の支藩が御城の乗っ取りを企んでいるとは、思いもしませんでした。御奉行はお気づきだったのですね」

「うむ。長州か薩摩であろうとは思っていた。しかし、長州もうまいこと考えたものだな。一万石の岸森藩を使うとは、それは目立たぬわ」

「裏ではやはり長州が背中を押しているのですね」

「間違いないさね。岸森家は、いまは毛利との血縁はないのだ。当主岸森信之介《しんのすけ》は、前当主の家老の次男だ。先代が、病弱で子をもうけることが難しいと判断して、早くから養子をとっていた。本藩がこれを認めたのは、いずれ使い捨ての駒に使えると踏んだからだろう」

なんのことはない。岸森信之介とその家臣米原伊蔵も、踊らされていただけなのだ。

「この先は御庭番と大目付、それに番方の出番かと」

和清は片膝を突いたまま言った。

御裏番とはいえ、天保座が成敗するには敵が大きすぎる。

「いいや、おぬしらに働いてもらう」

筒井は静かな声で言った。

「なんと申される」

「当たり前じゃ。御裏番は大御所の藩屏《はんぺい》だ。この企みを潰《つぶ》さずに、どうする」

そう言って、筒井は障子をぴしゃりと閉じた。

言われてみればもっともなことだった。

和清は、天保座に戻り、一座の者を集めた。
覚悟のいる闇裁きになると、宣言した。
一同が、気勢を上げた。
ここは流れ者たちが辿りついた一軒の家である。

第六幕　御裏番誕生

一

その日、筒井政憲は、案の定、下城差し止めを申し渡された。

そうなるようになりえに言伝《ことづて》を頼んでいたのである。

御用部屋での三奉行そろっての詮議を終え、老中に頭を下げ終わり、廊下に出て歩きだしたところで茶坊主が忍び寄ってきて、

「廊下の縁に残るように」

と言われたのだ。

「ははあ」

そのまま筒井は、長い裾を踏まぬように、ええいと払い、端座した。

「筒井殿、どうなされた」

北町奉行の大草高好《おおくさたかよし》が、怪訝《けげん》な顔をした。

「さて、わしにも分からん。居残りとはお恥ずかしい」

下城差し止めは、だいたいにおいて老中から小言を言われる場合が多い。他の奉行の面前で恥をかかせたくないので、当人にたいしてだけ告げるのだ。

小言ではなく罷免《ひめん》を申し渡され、以後顔を見かけなくなった者も多くいる。

「水野《みずの》様からのお達しでしょうか」

寺社奉行の牧野忠雅《まきのただまさ》が腰を折って聞いてきた。三十九歳の新米の奉行である。目の奥が笑っている。

寺社奉行は御代替わりとともに若手に刷新されていた。

他のふたりも三十二歳の青山忠良《あおやまただなが》、二十五歳の阿部正瞭《あべまさあきら》である。

まだ経験が浅く、おそらく三方《さんかた》とも、吟味物調役《ぎんみものしらべやく》の言いなりになっているのではないか。

奉行にとって最も厄介なのが、幕府派遣の吟味物調役である。それまで別の役職についていた奉行よりも判例や吟味手法に精通しているため、面従腹背《めんじゅうふくはい》の輩が多い。

町奉行の筒井にしても、古参の与力を使いこなすには相応の経験が必要だった。

若い寺社奉行たちが、筒井には頼りなく思えた。

とはいえ町奉行が老中配下であるのに対し、寺社奉行は将軍直轄である。

「いや、誰からとも聞いてござらん」

先の将軍である家斉公からの旧臣である筒井は口をへの字に曲げて見せた。

あえて不徳のいたすところという顔をして見せる。

「ご昇進かも知れませぬぞ」

最年少の阿部がにこやかに笑い、会釈して進んで行った。南町奉行が家慶派に替わると読んでいるのであろう。

そう思ってくれるのが一番良い。

奉行たちが去っていった。

筒井は端座したまま待った。茶坊主になった気分だ。

それにしても幅の広い廊下であった。そのいたるところに茶坊主が座っており、また大名や旗本たちを先導している。

この茶坊主たちがいなければ江戸城内を歩くことはほとんど不可能である。なにせ城内は一万一千余坪もあり、廊下は曲がりくねっている。

どこをどう歩けば目的地に着くのやら、幕臣も諸藩大名もわからないのだ。

城内の歩行には、もうひとつ大事なことがある。

誰かとのすれ違い、あるいは角での出会いである。

家柄、石高、位階によって道を譲る、譲らないは、参勤交代の大名行列の格付けと同じである。

ところが、誰もがすべての大名や旗本の顔を知っているわけではない。

ここは待てなのか、先に進むなのかの判断をおおむね先導する茶坊主たちに委《ゆだ》ねるしかないのだ。

江戸城は茶坊主で持っている。

筒井は、小走りしながら行き交う茶坊主たちを眺め、ふと思った。

こいつらが反乱を起こしたら、城内は混乱し、政《まつりごと》は崩壊するだろう。

坊主とは真《まこと》に怖い存在である。

なるほど米原伊蔵と黒堂の企みは見事で、ここに手を突っ込まれたら、城は乗っ取られるかもしれない。

「筒井様、ご案内仕《つかまつ》る」

老いた茶坊主が忍び寄ってきた。

筒井は立ち上がった。足がしびれて、歩くのに一苦労だ。

先導され廊下を進む。いくつもの角を曲がるが、これが曲がっても曲がっても、似たような景色が続き、なんど来ても、一体どこをどう歩いているのか分からなくなる。

そして、先を行く茶坊主が手を後ろに回して開くと、止まって待った。

大名や格上旗本とで出くわした場合は先に通すのだ。茶坊主同士はすべて目で合図をして、無礼のないように取り仕切るのだ。

ようやく本丸を出て、紅葉山《もみじやま》へと向かう。

この先へと進むのは、まだ三度目であった。紅葉山の向こうに見えるのは、西の丸である。

筒井はその西の丸の城内へと案内された。

本丸の表とは異なり静寂に包まれている。

「こちらでお待ちくだされ」

目を見張るほど美しい庭園に臨む縁側で待たされた。目の前は襖だ。

しばし待った。

三度目だが、この待つ間は本当に長く感じられる。

蟬の声を聴きながら、筒井はまんじりともせず待った。

「和泉守《いずみのかみ》、苦しゅうない。襖を開けい」

襖の中から、しわがれた声が聞こえてきた。

西の丸の茶坊主が、どこかからさっと出てきて、襖を開けた。

筒井はひれ伏した。耳の裏側から首筋にかけて冷たい汗が流れる。

「面《おもて》を上げい」

「ははあ」

ゆっくりと畳の目を眺めながら、顔を上げた。小姓《こしょう》もつけずまったく一人である。

御歳六十五歳。

将軍職を退いたものの、いまなお政の実権を握り続けている史上まれに見る大御所である。大柄で眼光も鋭い。

その大御所から三月前に声がかかった。本丸から西の丸に退いた直後のことである。

それは老中でも側用人《そばようにん》でもなく、妾腹の娘を通じてであった。

「色坊主たちの企みはわかったか」

　ざっくり聞いてきた。

「はい」

「家慶はどこまで絡んでおる」

　まっさきに自分の息子を疑うところがまたこの大御所らしい。

「いえ、お上《かみ》は与《あずか》り知らぬかと」

　家斉から将軍の座を継承した第十二代将軍、徳川家慶は西の丸に引っ込んだ父、家斉がいまだに幕政に口をだす二頭政治に閉口し、その職務のほとんどを老中に任せきっているという。その噂から早くも『そうせい将軍』などと揶揄《からか》われている。

　家斉はそうしたことも承知しているのだ。

　五十年もの長きにわたって幕政を率い、みずからが率先して政を司ってきた家斉は、常に老中の進言を疑ってかかるしたたかさを持っている。

　老中がいかに将軍の威《い》を借りて、みずからに都合の良い政治を行おうとする者たちであるかを熟知しているのだ。

　巷間《こうかん》噂される豪奢《ごうしゃ》を好み、大奥へ入りびたりの俗物将軍という印象とはだいぶ異なる。五十年もの間、権力を維持した男の凄みが、その顔に刻まれていた。

就任直後から老中に取り込まれつつある、嫡男家慶公を、心もとなく思っているのは致し方ない。

そしてこの大御所の力の源泉は、曾祖父吉宗公が設けた御庭番《おにわばん》を駆使してきたことであった。

将軍直轄の御庭番に、世間の動きをつぶさに見聞きし報告させることで老中の進言の裏を取っていたわけだ。

その御庭番は家慶に引き継がれたが、大御所は西の丸にも密かに数人の御庭番を引き抜いていた。

本丸には与《くみ》しない確かな者だけである。たとえば女御庭番に産ませた娘である。

性豪として知られ、十六人の妻妾を持ち五十三人の子女を儲けたが、それは幕府が公認している数にすぎない。

他にもあちこちに妾とその子は存在する。

林述斎《はやしじゆっさい》らが編集中の『御実紀』には記されない子たちである。

むろん筒井がそれを知ったのは、三月前のことだ。

まさか自分もその御庭番に見張られていたとは思わなかった。

なりえは家斉が女御庭番に産ませた娘だった。

この娘が筒井政憲が裏同心一座を組織し、闇仕置きをしていた件を監視し、逐一家斉公に報告していたのである。

ある日松の廊下で、いきなり茶坊主から付いてくるように言われ、たどりついたのが、ここ西の丸だった。

最初は大御所に脅された。

奉行の一存で闇仕置きをするなどもってのほか、この場で腹を切れと言われたのだ。筒井は覚悟し、裃《かみしも》を脱ごうとした。

その時、待ったがかかり、その裏同心一座を、西の丸直轄の『御裏番』にせよ、と命じられたわけだ。

断れるはずがなかった。

「和泉守、ありていに申せ。乱は大塩だけでたくさんだ」

大坂で起こった大塩平八郎の乱も、諸国に張りめぐらせていた御庭番たちからの報告で、家斉は早くから把握していた。

同調者が少なくすぐに制圧されたのも、潜り込ませていた間者が巧みに、裏で動いていたからと思われる。

「大塩平八郎よりも巧妙であり、この件が世に出ると人心の不安、幕府の権威失墜に繋がるやも知れません」

筒井は満春寺の内偵の結果を伝えた。

「やはり、わしを狙っていたか。毛利もやるのお」

大御所は、そのまま腕を組み考え込んだ。

長い間だった。

時おり、筒井をじっと見つめてくる。目は合わせられない。筒井は低頭したまま待った。

それでも恐ろしいほどの威圧感があった。

「和泉守、この一件、天下に知られることなく、闇裁きせい」

「ははあ」

筋書きはあらかた考えていたので、闇裁きの裁可を受けるだけの儀式であった。

庭の白砂の上に何かが落ちる音がした。

「なりえ、天保座は使えるか」

筒井の頭越しに大御所の声が飛ぶ。

「立派な御裏番の役を果たしております」

「えっ」

筒井は思わず振り返った。

鼠色の忍び装束に身を包んだなりえが、片膝を突いていた。天保座の座員、仕組みをすべて調べ上げていたのだろう。

「そうか。和泉守、よい芝居小屋を抱えていたものだな」

「恐れ多いことで」

筒井は畳に額を擦りつけた。

「わしの御裏番を本丸の御庭番を超えるものにしてくれ。よいな。成敗はおぬしの一存でやってよい。係る金は用意する。案ずるな」

「ははあ」

大御所からの命に、家臣は『ははあ』としか応えられない。

内心は吐きそうになった。

吉宗公が創設し、家重《いえしげ》公、家治《いえはる》公、そして目の前にいる家斉公まで四代にわたり間諜の技を培ってきた御庭番を超えろと命じられたのだ。

重すぎる。

「なりえのことも頼むぞ。よい婿を探してくれ。天保座にはいい男が揃っているそうではないか……この娘は、わしに似て、少々、色狂いのところがある。和泉守、なんとかまともな男を世話してくれぬか」

大御所が意外なことを言い出した。

「お上！」

なりえが庭から上擦った声をあげた。

「娘よ、決して死ぬでないぞ。市井で達者に暮らせ」

立ち上がった大御所の目が父親のものになっていた。

「毛利はおそらくいつかこの江戸に攻め入ってくるだろう。だが、まだ無理じゃ。英吉利や和蘭《オランダ》、亜米利加《アメリカ》がこぞってこの国を取りに来るのは三十年先であろう、わしは死んでいる。その頃のことなどどうでもよいわ。とりあえず、いまは潰しておけ。茶坊主は、全て入れ替えるので心配するな」

そう言い、いきなり立ち上がった。

筒井は再びひれ伏して、大御所が奥の間へ消えるのを待った。

帰ろうと立ち上がると、西の丸付きの茶坊主が忍び寄ってきた。四角い風呂敷包みが差し出される。

「なりえ様の持参金とのことです」

「はぁ」

筒井はため息をついた。包みがずしりと重い。中身は千両箱だ。

「老人に背負って帰れと」

「坂下門に宝泉寺《ほうせんじ》駕籠をご用意してあります。そちらから」

もう本丸には回るなということだ。

こんなものをぶら提げて奉行所には戻れないので、筒井は駕籠舁《か》きに葺屋町の天保座に向かうように伝えた。

駕籠の先をなりえが駆けていく。

持参金を先導しながら、走る女はめったにいまい。

二

二日後。

麻布市兵衛町《あざぶいちべえちょう》。

高台に、容赦なく照りつける陽はあたりのものがすべて白く見えてしまうほど眩《まぶ》しく、蟬の声はやたら、やかましかった。

雪之丞は団五郎と共に、朝から岸森家の上屋敷を見張っていた。陸尺《ろくしゃく》に化けている。

朝五つ（午前八時）から真午《まひる》になるまでこの辺りを行き来しているが、屋敷への人の出入りはまったくなかった。

真午を過ぎて、腹が鳴り始めた頃、ようやく表門脇の通用門が開き、編笠を小脇に抱えた米原伊蔵が出てきた。

「ちっ、ちょうど結びを食おうかと思ったにのよっ」

団五郎が腹をさすっている。

「世の中そんなもんさ」

雪之丞が駕籠の先棒を持ち、団五郎を促した。団五郎が後棒を担ぎ上げる。

「えっほ、えっほ」

谷町《たにまち》への坂を下りて行く米原の背中に声をかけた。羽織袴で歩くのは辛過ぎだろう。

「お武家さん、どちらまで」

つっけんどんにされた。

「おいらたちは、南部《なんぶ》のお武家さまを送った帰り道なんです。空《から》で帰るのももったいないので、言い値で乗せますよ」

近くに南部八戸《はちのへ》家の上屋敷もあるのだ。

「五十文（約千二百五十円）で明石町まで乗せてくれるのであればな」

相場の半値である。

「明石町ですか」

雪之丞は声を張った。近くに伝達役の若手役者が三人ほど待機しているのだ。

「へいっ、五十文でよござんす。明石町のどちらまで」

「町人地にある京神道陰陽神社の別院じゃ」

明石町は武家地と町人地の混在地だ。

「合点承知。京神道陰陽神社でござんすね」

今度は団五郎が声を張った。

これを聞いた伝達役が、山王《さんのう》神社で待つなりえのもとに走ったはずだ。

雪之丞たちは、すきっ腹を我慢して、駕籠を担いだ。

「駕籠はいらん」

行く手は下り坂と平地ばかりだったので助かった。半刻（約一時間）で、明石町まで駆け抜けたが、さすがにくたくただった。

京神道陰陽神社の江戸別院らしい鳥居の前で、米原を降ろし、道端に寝転がった。

「ご苦労さん。ここからは、あたしの役目だよ」

と、三味線を抱えたなりえが現れた。別な駕籠で先回りしていたのだ。なりえから竹筒を二本もらった。水だ。

団五郎と共に咽喉を鳴らして飲んだ。


なりえは参拝客に交じって、境内に進む米原を追った。

縁日の市が立っていた。

浅黄色の作務衣に茶人帽を被った千楽が、古道具の市を覗いていた。千楽は第三の追っ手役である。

なりえは知らぬふりを決め込み、米原を尾けた。

社殿で手を合わせた米原は、その横にある絵馬を掲げる二間（約三・六メートル）ほどの板の前に進んでいく。

多くの絵馬が並んでいた。

なりえもさりげなく板の前に進む。

縁結びの願掛けがほとんどだった。

米原は丹念に絵馬を確かめているようだった。

――四十過ぎの男が何を求めている。

米原は、板の右端で止まった。腰をかがめて一枚の絵馬を見つめている。しばらくして、その一枚を裏返しにして踵を返した。

なりえは、少し間をおき、絵馬に向かった。

富士の絵馬だった。

ひっくり返してみた。

『伊蔵さんと酉の刻（午後六時）に深川で富士を拝めますように。秋絵』

女の筆跡だった。

その意味はなりえにも読めた。

鳥居に向かって引き返すと、米原を追う千楽の背中が見えた。

「師匠が追わずとも、あいつの行く先は読めました」

千楽に追いつきざまに伝えた。

「へい、そしたらわしは別件へ」

千楽は好々爺《こうこうや》の笑顔を浮かべ、鳥居を潜っていった。

なりえは天保座へ戻ることにした。


炎天下。

千楽は茶人帽をあげ、月代に溜まった汗を拭きながら柳橋を渡った。

料理茶屋『万八楼《まんぱちろう》』の二階の貸座席の障子戸は開け放たれており、川涼みを楽しむ一行の姿が見えた。商人がお武家をもてなしているような光景だった。

入側《いりがわ》を進む女中が手にした、丸盆から酒と肴のいい匂いは橋の上まで漂ってきた。

涎《よだれ》がでそうであった。

一仕事終えたら、あんな遊びをしてみたいものだ。座元を煽《あお》ってやろう。

人形屋京月屋は柳橋を渡った先の料亭や船宿が並ぶ表通りにあった。

間口は二間ほどで、格子戸の先に陳列台と棚が見えた。

千楽は静かに戸を開いた。

陳列台には、京人形がずらりと並び、周りを囲む棚には、扇子、茶道具、香、それに京名所図会なども並べられていた。

京月屋は祇園を本店《ほんだな》とする店だ。

二年前、江戸随一とされる浅草橋の『久徳《きゆうとく》』に対抗するという触れ込みで、京風を売りに進出してきたのだ。

二年前とは上野の満春寺が宗旨替えをした時期と符合する。

「おいでやす」

手代が出てきた。京弁だ。

「一見《いちげん》だが、かまわないか」

「初めてのお客様ですと、掛け売りはできませんが」

手代がすまなそうに頭を下げた。慇懃《いんぎん》無礼の典型だ。

「金子《きんす》は持参しておる」

ぎろりと手代を睨《にら》んでやる。

「ははあ。御所望の品は」

「京人形じゃ。近頃は廓の女も京好みで困る」

皮肉を言ったつもりだ。

「嬉しい限りどす」

手代は揉み手している。

千楽は店内をぐるりと見渡した。

壁際の棚の最上段に『祇園芸妓』と書かれた人形が飾ってある。踏み台でもなければ取れない高さだ。

「あれを見たい」

指をさす。

「お待ちくだされ」

手代は紺染めに丸京の紋がある暖簾を潜り、奥に消えた。ここからは秋絵という女主人の姿は見えなかった。

千楽は陳列台に並ぶ様々な人形を眺めた。

同じような漆塗りの台座に芸妓や娘姿の人形が並ぶが、中に雛人形の五人囃子が交じっていた。

覗き込むと台座に梅の花が彫られていた。

なるほど、五体か。

実は千楽、いきなり雛人形を買いたいと言ったのでは怪しまれると思い、まずは京人形を見たいと伝えたのであった。

踏み台を抱えた手代が戻ってきて、すぐに祇園芸妓の人形を棚から下ろしてくれた。

「お待たせしました」

「なかなかいい姿だな」

扇子を掲げ、腰を落として捻っている様子は本当に、艶やかだ。台座に京晃《きょうこう》と刻まれていた。

「これが京舞い独特の仕草どす。江戸は踊り、京は舞うといいますよって」

京の都《みやこ》から来た者特有の鼻についた言い方だ。こちらの方が典雅でしょう、と言いたいわけだ。

――だから京の者は、でぇっきれえなんだ。

千楽は胸底で毒づいた。

「で、値はいかほどでしょうな」

胸の思いを隠して穏やかに聞く。

「お客様は、この人形にいくらお付けになりますか」

手代は笑顔のまま聞いてくる。

とことんえげつないやつだ。千楽の眼力を試しているのだ。

「さあて」

と千楽は頰に手を当て芸妓の人形をしげしげと眺めた。手代がその目を覗き込んでいる気配がする。

「四朱（約二万五千円）。そんなものだろう、京晃の文字がなぁ」

これでも元は嘶家で、師匠の家で様々な書画骨董の類を見ている。目には自信がある。名工京晃の作を真似ただけのものだ。本物の京晃の品ならば三両は下らない。

「三朱（約一万八千七百五十円）で、よろしゅうございます」

手代は照れ笑いを浮かべ、すぐに棚の下の抽斗《ひきだし》から箱を取り出した。

「この五人囃子はいかほどかな」

千楽はさりげなく切り出した。

「あぁ、そちらは五体で半両（約五万円）ですが、時期をはずしているので、四朱でよろしいですよ」

手代はあっさり言った。

「そうか。五人囃子だけで売られているのは珍しいな」

「ですから早々は売れないのですが、五日ほど前に、三人官女が入ったので、並べたら、すぐに売れました。まぁ、そちらも二朱しかいただかなかったのですが、商いとは、わからないものです」

「そうか。うちは男の孫ばかりなので、飾りの習慣がなくての。むしろこの五人囃子だけならば、武者人形として飾れるな。よし、これも所望する」

千楽は、すぐに巾着から銭を取り出した。

手代は何のためらいもなく、五人囃子も箱に詰め込み始めた。

その箱を抱え表に出るなり、駕籠を雇いとっとと葺屋町へと逃げ帰った。

三

深川《ふかがわ》の料理茶屋『富士楼《ふじろう》』。

和清は、なりえを連れて二階の座敷に上がっていた。

なりえが三味線を弾き、和清は窓辺に寄りかかり、通りを眺めていた。

五日前まで剃髪していたので、頭髪はまだ髭ほどしかない。それを隠すために千楽から茶人帽を借り被っている。それに銀鼠の単衣《ひとえ》に絽《ろ》の羽織。粋な役者に見える。

今夜は本職のままだ。

酉の刻にはまだ少し間があった。

見下ろす目抜き通りには、豪華な宝泉寺駕籠や権門駕籠が行き交い、その駕籠を除《よ》けながら茶屋から茶屋へと飛び回る深川芸者や幇間《たいこもち》でごった返していた。

浅草のほうでは花火が上がっている。

盛大だ。

富士楼の門に米原伊蔵がやって来た。徒歩であった。

ほどなくして宝泉寺駕籠が一挺、止まる。

三十路の年増が出てきた。芸者とは違うが、色香を纏《まと》った年増であった。

「京月屋さんのおなりぃ」

下足番が飛び出し、先導している。秋絵のようだ。

「逢瀬のふたりが揃ったようだ」

和清は、団扇で胸元のあたりを扇ぎながら言った。

「ああ、人形屋さん、とんだぁ〜、五人を、回していたもんだわねぇ〜」

なりえが、三味を弾きながら、節をつけて言う。

千楽が持ち帰った五人囃子の腹の中には薬包が三包ずつ入っており、その中身は御禁制の阿片であった。

満春寺から返されるときに入れられたものに違いない。

ただし、京月屋の手代はそんなことは露とも知らなかったようだ。

あの秋絵が、満春寺と岸森藩の米原伊蔵が仕組んでいる件の舞台裏に潜んでいるということだ。

秋絵の駕籠が去って、しばらく経つと今度は権門駕籠が到着した。これには下足番ではなく富士楼の女将がじきじきに出迎えた。

駕籠から降りてきたのは、金糸銀糸の羽織袴を纏った恰幅のよい武士である。

何者か。

和清は首をひねった。

乗ってきた駕籠から察して大名家留守居役か大身の旗本だ。

「もうひとり、大物役者がいるようだ。ならば、屋根裏に上る。三味は弾き続けてくれ」

「はい」

和清は羽織と着物を脱ぎ、腹掛けと褌だけになり、押し入れを開けた。

なりえがじっと見つめてくる。

「どこを見てやがる」

「いえ、なにも」

顔を赤らめやがった。

こっぱずかしいのはこっちだ。

押し入れの天井板を外し、屋根裏に忍びこむ。

寺でも、料亭でも、屋根裏というのはどこも同じで、蜘蛛《くも》の巣だらけだ。それを払いながら進んだ。

天井下の会話に耳を傾けながら、梁の上を進む。

富士楼の二階の座敷は、五部屋ある。

下から投扇興《とうせんきよう》に興じる声や、版元の主人に連れ出された戯作者《げさくしや》や絵師が、世の中を揶揄っている話し声が聞こえてきた。

呑気なものだと思う。

「それがね、伊蔵さん、私がちょいと髪結いに出ている間に、春慶から返ってきた五人囃子が売れちまったのよ。堪忍ね。なんだか風流な爺さんが来て京人形のついでに買って行ってしまったらしいのよ」

一番奥の部屋から秋絵らしい声が聞こえてきた。

それも三人官女や五人囃子だけであれば、他に買う奴などいないかと」

「まさかこんな時期に、雛人形をそうそう買うやつはいないと思ったが……それ
野太い声がする。
「なんということだ」

これは米原の声だ。
和清は腹掛けの中から、錐を取りだし、天井板に穴をあけた。
秋絵と米原、それに先ほどの侍が三角になって座っている。対等のようだ。
不思議な光景だ。当たり前なら、あの豪奢な着物を着た年配の武士が上座で、
米原と秋絵は下座となるはずだ。
「えっ、いったいどういう話になっているんだい。京神道陰陽神社から預かった
文を人形に入れて運ばせていただけじゃないのかい」
やはり秋絵は、戻された人形に阿片が入っているとは知らないのだ。
「まぁいい。松乃《まつの》にはしばし待つように言おう」
豪奢な着物の侍がぼそぼそと言った。
「しっ」
米原が諫《いさ》めた。

「なによ、寺社方の山本《やまもと》さまも、伊蔵さんや私に何か隠していないかい。京月屋はこれでも相当岸森藩に肩入れしているつもりですよ。京神道陰陽神社の崇海《すうかい》大明神との密書を人形に隠して運んでいたのも、とにもかくにも、父の治助《じすけ》が江戸に京の仕来りを根付かせたいがため。ここにきて、何か隠しごとなんてよしてくださいよ。いったい、うちに戻した人形には、何が入っていたんですか」

秋絵が山本と呼び、険しい表情を見せた。

——寺社方とは……

和清は、天井板に目をつけて年配の男を凝視した。

見知らぬ顔であった。

南町と北町の与力ならば、和清はその顔も名前も知っていた。

「隠し立てするつもりはなかった。本丸の大奥を味方につけるためには、薬が入《いり》用《よう》だった」

山本が言った。

「薬とは」

秋絵が眉間に皺を寄せた。

「さようじゃ。秋絵さん。いずれ最後の一手を打つためには、大奥女中を使うのが一番なのだ。だからいまのうちに阿片と大麻で釣っておる。松乃の都合がよいときに、京月屋に行って人形を買い、大奥の中で、これと思う配下に一服盛っていた。もはや松乃自身も阿片がなければ気が狂うようになっているのだ。操るにはそれが一番。手引きの茶坊主もすでに阿片狂いよ」

米原がすまなそうな顔をしている。

「危ない橋を渡らせてくれたものだわ。まあ、うちは大奥女中がどうなろうと、茶坊主がどうなろうと、うちの人形が売れればいいけど」

秋絵が片眉を吊り上げた。

「危ない橋ならとうに渡っている……天下を乗っ取るためにはきれいごとでは済まぬわ……。のう米原……満春寺では、英吉利物以外にもあるのだろう。寺内に自生していると申していたな。わしも少し切れてきた。手に入らぬならいつでもあの寺に踏み込んでやるぞ」

山本が煙管を出しながら言う。

和清の脳に、満春寺本堂前の花壇の光景が浮かんだ。

あれは楓ではなく大麻、薄紅色の牡丹に見えたのは芥子《けし》であったのか。

「山本様、ここで仲間割れをしている場合ではないです。山本様だけが使う分は用立てます。ここに」

米原が帯の間から薬包をいくつも出した。

それを山本が奪うように引き寄せ、刻み煙草に混ぜた。

煙管の先から甘い香りの煙が立った。

そうかこいつは寺社奉行吟味物調役《ぎんみものしらべやく》の山本徳兵衛《とくべえ》だ。

顔は知らずとも、その名だけは知っている。

寺社奉行は、町奉行所のような役所があるわけではなく、与力や同心がいるわけでもない。任ぜられた大名が私邸の上屋敷をそのまま寺社奉行所として使い、与力や同心に成り代わって家臣たちがその職務を遂行することになっている。

ところが家臣たちに寺社統制や訴訟に関する知識が備わっているわけではない。

そこで幕府評定所から吟味物調役を出向させ、奉行や家臣を補佐させているのだが、実務の多くはこの吟味物調役の進言に従うことになる。

先例主義の幕閣体制にあっては、己たちが判断するよりも、これまでの例を知る吟味物調役の判断に従った方が得策だからだ。

満春寺の改宗や虚無僧を野放しにしているのは、この男が三人の若い奉行の家臣を、手玉に取っているからだろう。

読めてきた。

米原伊蔵は、おそらく女と阿片で、この男を籠絡したのだ。

「まったく仕方がないねぇ。京を江戸より格上にするには、徳川を操るしかないんだからね。お公家では政はできないし。徳川をうまく使って、京商人の勢力を江戸でひろげるしかないねぇ」

秋絵がぼやいた。

むしろこの人形屋の女主人は、春慶に岡惚れしたわけではなく、単に商売の拡大を狙っているのではないか。

「さよう。家斉公は日蓮宗《にちれんしゅう》、家慶公は浄土宗《じょうどしゅう》。大権現様は神道をも重要視されたが、いまは仏教ばかりが重宝されておる」

米原が吠えるように言った。

「仕方があるまい。神道奨励はすなわち朝廷の権威を高めることに繋がる。伊蔵も、その大儀を盾に、長州の世にしたいのであろう」

一服して落ち着いた山本が笑う。

どこかで花火の上がる音がした。

「それには、まだ二十年かかるかと。いまはまず、江戸城内と駿府城を押さえることです。山本様の助太刀を賜りたく思います。成就のおりには老中首座にお進みください」

駿府は徳川由来の土地であり、天領中の天領だ。江戸城に事あれば将軍と大御所は、幕臣とともにここに逃げ込むことになる。

それで駿府も押さえていたわけだ。

「駿府の役人にも阿片や大麻は行き渡るのであろう」

「さよう。昨日、駿府で湊役人がこっそり下ろしました。材木の中に埋めた鉄砲と火薬、それに分解した新たな加農砲《かのんほう》は、間もなく江戸に入る。これで四門となります。江戸騒乱への準備は整いまする」

米原が言った。

和清は蔵屋敷で見た大砲を思い出した。あれも英吉利から渡った加農砲だったわけだ。そんなものを使われたら、いずれ関《せき》ヶ原《はら》以来の動乱が起こる。

「角材をくり貫いて、銃身や弾丸を詰め込むとは見た目でごまかせても目方でバレそうなものですけどね。人形に文を入れるのとは訳が違う」

秋絵が呆れた顔をしながら、鯛の刺身を摘まんだ。

「そこを清水湊の役人が見て見ぬふりをしてくれている。船が入る日にわざわざ、こちらの手の役人を行かせておる。その配置を探るために、駿府城に出向いている旗本の奥方を色坊主に落とさせたのだ」

米原が猪口を摘まんだ。

「まったく春慶は誰とでもやるからいやだわ。私は次から立雲にしてもらうわよ」

秋絵が膝を崩した。

ひでぇやつらだ。

大坂東町奉行所の与力大塩平八郎は飢饉に苦しむ民百姓を思うがあまりに、乱を起こした。どこか、共感するところはある。

だが、こいつらは、狂信的な神道統一派の理屈を借りた、私利私欲のための謀《む》反《ほん》でしかない。

火あぶりにでもしてやりたい。

「ひとつ気になることがある」

米原が山本に向き直り、おもむろに言う。

「どうした」

「黒堂から、新入りの僧がふたり忽然《こつぜん》と消えたと報《しら》せがあった。わしはどこかの間者だったのではないかと思う」

「まさか。わしが城内で探りを入れておる限り、御庭番は動いておらん。いずれ面倒くさい女にでも出くわして、逃げ出したのであろうよ。捨ておけ」

と山本徳兵衛は、煙管を吹かした。

とはいうものの、とっとと仕掛けたほうがよさそうだ。


和清は翌日、座員すべてを客席に集め伝えた。

「これより天保座は、お上に召し抱えられることになった。名付けて『御裏番』。西の丸の直轄となる。皆の者、前にも増して心してかかってくれ」

続けて朝方、筒井から届いたばかりの筋書きを、読み上げた。

「へいっ」

一同の目が鋭く光った。

いよいよ一夜限りの闇芝居の幕が開くことになる。

第七幕　爆弾仕置き

一場

長い長い夜が始まろうとしていた。

陽が大きく傾き始めた時分、羽衣家千楽は京月屋に向かい、ゆっくり歩いていた。

柳橋のちょうどまん中で、唐草模様の風呂敷に包んだ大きな箱を背負った女とすれ違った。御殿女中の髪型である。

中身は、いずれ阿片と大麻の入った人形であろう。

この女、御城に戻すことはできない。

筋書きを知っている千楽は振り返り、女の背中を眺めては憐れんだ。

座元らしい、お人好《ひとよ》しの筋書きが一行、加筆されているのだ。

居並ぶ料理茶屋の窓々に、ぽっと灯りがともった。

川べりの茶屋は、昼も夜も大繁盛だ。

逆に京月屋の店先では、秋絵が暖簾を外すところであった。

「もう仕舞いか。雛人形があればと思い、わざわざ根岸《ねぎし》から来たのだがな」

「えっ、雛人形ですか」

秋絵は驚いた顔をした。

「そうだ。先だってこちらで五人囃子を見つけてな、買って帰ったら孫がたいそう喜んでな。内裏《だいり》雛もないかと思ってやって来た」

「いやぁ、ちょうどいまは切らしております」

秋絵は疑い深い目を向けてきた。

「そうか。たいそう気持ちがよくなる粉が入っておったのだが、あれは偶然かの」

空を見上げながら言う。

菫《すみれ》色の空のあちこちに浮かぶ星を、這いだしてきた薄墨色の雲が覆い始めている。

「ご隠居は、どちらさまで」

裏返った声が聞こえる。

「京橋の版元『伝手屋《つてや》』の隠居、恵三郎《けいざぶろう》と申す」

伝手屋は、歌舞伎役者の不義密通や商家の道楽息子の遊蕩《ほうとう》ぶりを書き立てる双紙『嘲笑《ちょうしょう》』を刊行する版元として名を馳せている。

その伝手屋の先代を騙《かた》った。

顔など誰も知らない。

「あの、ちょっとお待ちを」

秋絵は、そそくさと店内に飛び込み、すぐに小判の包み、通称『切り餅』を一つ持ってきた。

「これでひとつ。ご内密に」

「ほう、抜け荷を認めましたな」

千楽はぎろりと睨み返してやる。

「その金で、おとなしく引き下がったほうが、ご隠居の身のためですよ」

秋絵の声も尖った。

やはり、肝の据わった女だ。

取りあえず金を渡し、時を稼ぐ魂胆であろう。そして明日にでも、虚無僧か黒虎連に襲わせる。

「わしはもう金には興味がないのだ。稼業は息子が切り回し、わしは隠居部屋で春本を眺めるだけの日々での……その春本にも飽きた」

じっと秋絵の目を見据える。

「年増に何を言うんですか」

「やはり若い坊主のほうがいいか。瓦版屋が上野で何度も見たと言っておったぞ。三十路過ぎの寡婦《かふ》はつらかろうな。調べはついておる」

はったりをかます。秋絵は京で婿を取ったが離縁している。商いのほうが向いていたのだ。

「なんと」

秋絵は蒼《あお》ざめた。

その風評は困るとみえる。

「いいではないか。そこの貸座敷で、ちょん、ちょんと」

我ながら下種《げす》な言い方だと思う。

「いや、ここらでは私の顔は知られているんですよ」

「そうか……ならば。手代は帰ったのであろう」

と店に目を流した。

「なんということを」

「実はあの粉を持ってきておる。吸いながら戯れるのも一興であろう」

助平の限りを顔に出した。

「粉は返していただけるということですね」

蒼白《そうはく》だった秋絵の顔に赤味が戻る。

「では、中へ」

店に入るなり、秋絵は格子戸に心張り棒で押さえたが、そんな棒は通じぬのだ。

店の裏、奥まった位置に寝所《しんじょ》があった。

「帯は解かねばなりませんか」

いかにも面倒くさそうに言う。

玄関の方で、こつんと心張り棒が落ちる音がする。

「かまわんよ。ちょん、ちょんと、軽くこするだけだ。それもすぐだ。だが、床ぐらいは敷いてくれんかの」

廊下を音もなく進んでくる気配がした。千楽がそのことを知っているから気配を嗅ぎ取れるのだ。

「本当にこれで書きませんね」

秋絵は押し入れを開け、敷蒲団を持ち上げた。

背中を向けている。

すっと背中で襖が開いた。

お芽以が音もなく入ってくる。天保座の結髪、化粧役だ。簪《かんざし》を握っていた。

「もうこうなった以上、書くわけないさ」

千楽は後退《あとじさ》りしながら、声をかけた。

振り向いた秋絵の顔が引きつった。

その耳にすっと簪が入る。

秋絵は目を開いたまま、千楽を見つめている。眸《ひとみ》は動かなくなった。

「ここが一番、痕跡が残らないの」

すっと簪を引いたお芽以がいう。

「そんなものかい」

「はい。医者も覗けないですからね」

押し入れを背にした秋絵の身体がずるずると畳に頽《くずお》れた。

「お芽以に鬘《ずら》を付けてもらうのが怖くなったぜ」

千楽は近づき、瞼を閉じてやる。

「筋書きに書いてあること以外はしませんよ。では墨を入れます」

お芽以が風呂敷包から小刀と墨を取り出した。

「筋書き通りにな」

「もちろんです。なんなら千楽と入れておきますか」

「よせやい」

お芽以は秋絵の着物の裾を捲り、太腿《ふともも》に小刀の尖端を入れ始めた。

四半刻（約三十分）で、仕上げた。

太腿に藍色で『崇海大明神・命』とくっきりと浮かんでいた。

千楽はその手に阿片をしっかり握らせる。

明日の朝、手代が見つけたら、さぞや驚くことであろう。

「では、一足先に帰っていようか」

「ですね」

千楽とお芽以の出番はここまでであった。

二場

柳橋を千楽とお芽以が、涼しい顔で戻っていく様子を確かめた市山団五郎は、やおら川端の土手から這いあがった。黒装束の踊り衆を十人引き連れている。主役の背後で踊り、飛び回る軽業師のような役者たちだ。

大川には川船を三艘つけていた。ここには大道具の裏方衆が待機していた。それぞれの船には大八車が載ってる。

空は墨を何度も刷いたように黒々となっている。

道を隔てた向こうが岸森藩蔵屋敷だ。

切妻屋根の蔵が通りに面してそびえていた。

こいつに用はない。

団五郎は、地を蹴り海鼠《なまこ》壁を飛んだ。

十人が次々に敷地内に飛び込んだ。庭に面した母屋《おもや》の障子に酒盛りをする黒虎連の連中の姿が見える。

飯盛り女を何人も連れ込んでいるようで、障子に映る影は妖しげだった。

団五郎が顎をしゃくると、ひとりが表門に走り閂を抜いた。鈍い音を立てて、門が開く音がした。

障子の影が一瞬止まり、がらりと戸が開き、だらしなく片肌脱いだ男が顔を出した。

全員がピタリと動きを止める。

闇に紛れた。

「雷蔵兄い、なんでもねぇですよ」

男は首をひっこめた。

団五郎は、庭の奥の蔵に走った。ふたつ建っている。

南京錠の鍵が掛かっているが、門から入ってきた大道具の半次郎が、器用に錐を使ってふたつの蔵とも開けた。

「ほう。座元の言う通りだ」

ひとつの蔵には大砲と鉄砲と火薬。長崎からコツコツと抜け荷として運んできたものだろう。

もうひとつの蔵には四斗樽が三個と阿片と大麻の入った頭陀袋が積まれてい

た。

音もなく大八車三台が運び込まれた。一台には荷が積んである。三尺玉が十個だ。

「静かに車に積んでくれ」

坊主頭を撫でながら、半次郎が大道具の男衆たちに指示をする。黙々と作業が始まった。四斗樽三個に加農砲と榴弾五個を積み込み、かわりに三尺玉を入れ込み、男衆たちは汗をぬぐった。

「松吉、仕掛けを頼むぜ」

半次郎が小道具や火焔《かえん》担当の松吉に声をかけた。

「おうっ、団五郎よ。踊り衆に言って縁側の下にこいつを這わせてくれ」

松吉が道具をだした。太い紐に筒花火が二十本ほど付いたものだ。野天の興行の際に舞台の尖端につけて景気をつける花火だ。

踊り衆が三人走った。

黒虎連たちが酒盛りをしている母屋の縁に沿い、草のうえに這わせていく。紐の端が、四斗樽の入った蔵の中に引きこまれた。

最後にその上に、竹筒に入った油を注いでいく。

「出来ました」

踊り衆のひとりが囁いた。

「よし、蔵の中にも仕掛けた。こいつが蔵の中で飛んだら、一体どうなるのか、俺にもわからんがな。本当なら十六丈半（約五十メートル）ぐらいは上がるんだがな」

「松さん、玉はどんな柄《がら》だい」

「乱れ柳と大輪なんだが、それは空に飛んだ場合のことだ。蔵の中で破裂したら、俺にもどうなるかわからない」

「そいつは、とっと走るしかないねぇ」

団五郎は、全員に向かってさっと手を振った。

さすがに重くなった大八車を十五人が押した。みしみしと荷台が軋《きし》む音がする。

黒虎連たちが酒盛りをしている前を慎重に横切っていく。

門を出るとき敷居に三台目の車輪ががつんと当たってしまった。押している者たちもさすがに先を急いだのだ。

「何事だっ」

障子戸が一斉に開く。

六合徳利が転がり、だらしなく飯盛り女を抱き寄せ、身体をまさぐっていた男たちが一斉に立ち上がった。

「曲者《くせもの》だ。ぶっ殺せ」

雷蔵と思《おぼ》しき男の声がした。

町奴たちはふらつきながらも木刀や匕首を手にしている。

「松吉さん、もう火を放ってくれ」

「あいよ」

松吉は油の染み込んだ懐紙に、火打ち石を打った。火花が飛び、懐紙がたちまち炎となった。それを縁の下に這わせた紐に放り投げる。

バチバチと音がしたかと思うと、火の手が回り二十本の筒花火が次々に火を噴いた。

「うわっ」

「わっ」

縁側を飛び降りて追い駆けてくるつもりだった町奴たちは腰を抜かした。女たちの悲鳴も聞こえる。

「団五郎、急げ。蔵に火の手が回る」

「こんなところで宙に舞いたかねぇですよ。俺は雪之丞ほど着地が上手くねぇ」

走り出した瞬間、背中で轟音《ごうおん》が飛び交った。

「うわぁあああああああああ」

絶叫する声も聞こえる。

蔵の入り口から、光が洪水のように溢れていた。

いくつかの花火玉は、天井に向かわず、蔵の入り口から横に飛び出したのだ。

火焔となって、母屋に向かっているのだ。

町奴はいずれも目が飛び出しそうな形相で、裏に向かって走っている。庭に飛び降りる気は失せたらしい。

「松吉っさんっ。こんなの聞いてねぇよ」

「仕掛けは、いつも筋書き通りにいくわけじゃねぇ。こっちに向かっているわけじゃない。それにあれは花火だ」

「っていってもなぁ」

とにかく大八車を土手から降ろし荷を崩しながらも、なんとか船に載せた。降ろすというよりも、落としたと言った方が早い。大八車はそのまま川に捨てた。

船が大川に滑りだした瞬間、蔵の屋根が飛び、最後の数発が夜空に浮かび上がった。

芥子の花と大麻の葉の形をしている。心なしか白い粉も舞っているように見えた。

「玉屋ぁ、鍵屋ぁ」

松吉が叫んでいた。元は花火師だ。仕掛け花火が見事に咲いて嬉しいようだ。

「悪の華とは、洒落ているぜ」

団五郎は拍手をした。

あとは道具を主役たちに引き継ぐだけだ。とっとと浅草で陸揚げして、あとは一杯ひっかけに行きたいものだ。

団五郎は脇役ながらも務めをはたしたことに満足していた。

三場

柳橋のあたりで花火が上がった半刻（約一時間）後、団五郎が先導する船がやってきた。

「オイラはこれで上がりで」

団五郎が、両国のほうへと消えていった。

裏方たちが加農砲と四斗樽を、あらためてこの場に用意していた巨大荷車に積み込むと、和清と雪之丞は、いよいよ満春寺に向かった。

荷には大きな布を掛け、荷の前に『検め無用・南町奉行』の札を付けてある。

筋書きを書いた本人の自筆だ。

さらに札にはあろうことか葵《あおい》の御紋の焼き印が押してある。

そこのけ、そこのけ、とばかりにひた走った。

満春寺の前でなりえと落ち合った。

「米原伊蔵と山本徳兵衛が入っています。黒堂、春慶と共に本堂にいるところまで確かめてあります」

なりえは米原の動きを探っていたのだ。山本がこの夜、ここに入るように仕向けたのは、筒井だ。

さりげなく寺社奉行三方の中で、もっとも若い阿部正瞭に、

『そちらの吟味物調役が高級料亭で人形屋の女主人と密会していたとの報がある。風紀紊乱の疑いがある故、版元の伝手屋に内偵を入れていた際に、偶然仕入

れてきた噂だ。噂は噂だが、知らぬと奉行が恥をかく』と吹き込んだのだ。

案の定、阿部はそれとなく山本に確かめたはずである。山本はさぞや慌てたことであろう。

「様子はどうだ」

「来るはずの秋絵が来ていないと、うろたえています」

それを聞いて和清は笑った。

「的が一か所に揃った。闇裁きといくかのう」

和清が振り返ると、すでに加農砲は地面の上に配置されていた。大きな丸い砲弾も込められている。

松吉が目を輝かせている。

大砲を撃つのは初めてなのだ。

踊り衆たちは、町火消しの法被を着て、雪之丞が『へ組』の纏《まとい》を担いでいた。いろは四十七組に『へ組』はない。ちなみに『ひ』と『ら』と『ん』もないから芝居の小道具になるのだ。

「なら、門を開けてくれ」

火消し装束の踊り衆が軽々と塀を飛び越え、門を開けた。

半次郎と松吉が加農砲を押して境内へと持ち込む。

ここで門は閉めた。

「通用門は開けて、春慶以外の色坊主たちは逃がしてやる。髪のあるやつらは虚無僧だ。木刀で気絶させろ」

奴らは、取りあえず始末の対象ではなかった。

「では松さん、煙幕を。この辺りは寺の密集地だ。くれぐれも火事は起こすなよ。いいな」

「承知の助！」

松吉が額を叩いておどけて見せる。

「そうだ。火の玉はあるか」

「もちろんです」

松吉が、樽柿ほどの大きさの火薬玉を三個くれた。地面に叩きつけると爆発するものだ。

「よしっ、煙幕を頼む」

合図をすると、松吉と男衆たちが、紙の筒に包まれた線香をあちこちに投げ入れた。都合二百本だ。

もくもくと煙が上がる。

境内は靄《もや》が掛かったように白くなった。寺なので線香臭くても構わない。

互いの顔も見えなくなってきた。

「そろそろ燃えている感じを出そうじゃねえか、頼む」

「へぇ」

和清の指示で松吉が何本かの筒花火を打ち上げた。続いて境内のあちこちに散っていた男衆と踊り衆も色付き花火を打ちあげる。

靄の中にいくつもの黄色や赤の光が立った。

外から見れば火災だ。

雪之丞が、いつの間にか客殿の屋根に乗り、纏いを振るっている。

『へ組』の纏が立ち、ここを火事場と錯覚させているのだ。

「これが屁の突っ張りっていうもんだ」

和清は煙る夜空を見上げ笑った。

「ばっかくせぇ」

半次郎にせせら笑われた。

やにわに本堂の扉が開いた。

「なんだ、なんだ、なんだっ、えっ安潤じゃないか」

黒堂が躍り出てきた。目の前に和清がいるということが信じられないという眼だ。

「やいっ、くそ坊主、地獄に落ちろっ」

和清が黒堂の前に火薬玉を投げつける。

ドカンと鳴って、その周囲がぱっと明るくなった。辺りに煙幕が張られる。煙の中で、ガタゴトと半次郎たち大道具方が、車輪を押す音がした。

煙が夜空へと舞い上がり切った瞬間、黒堂が目を剝き、飛び退いた。

「なんだ、そりゃぁ！」

煙幕の中から現れたのは、加農砲二門である。一門の砲身は本堂、もう一門は僧堂に向いていた。

「おめぇたちが、長州の外海で英吉利から買い、長崎からバラバラにして持ち込んだ大砲だよ。ここで試し打ちをしてやらあ」

和清は啖呵《たんか》を切った。本来は、幕府の威信を落とすために、市中の寺を狙うはずだった大砲であろう。

「うわぁあああああ。やめろ。やめろ、銭ならもっていけ」

黒堂は本堂の中へと逃げ込んだ。

裏から抜けるつもりだろう。

——そうはさせねぇ。

和清、半次郎、なりえの三人は、本堂へ階段を上がっていく。

雪之丞は、千両役者よろしく屋根の上で大見得を切っている。近所の野次馬の目を引き付ける役だ。辺りの状況も笛で逐一知らせてくれることになっている。

その雪之丞が屋根の上から笛を吹いてきた。

短く三度鳴る。

僧坊から色坊主たちが飛び出してきたようだ。火事だと騒いでいる。

——立雲。お前は無事に逃げろ。

和清は胸の中でそう念じながら本堂の中へ踊り込んだ。

なりえと半次郎が続いてくる。

春慶をまん中に、黒堂、米原、山本が巨大な木像の前に並んでいた。

木像は烈火のごとく目を剝《む》き握りこぶしを振るっている仁王像だ。

「大御所を謀殺し、江戸城を操ろうなどという糞野郎たちが、雁首《がんくび》を揃えていやがるな」

和清が木刀を抜いた。

「こ奴が、消えた坊主かっ」

米原がいきなり刀を抜いた。

「さよう」

黒堂が後退りしている。

半次郎が本堂の右手に飛んで、さっと手を振った。舞台の仕掛けに使う釣り糸の尖端を投擲《とうてき》したのだ。

尖端の針が本堂の中央にある大黒柱にぐさっと刺さる。人の目には見えにくい天蚕糸《てぐす》がぴんと張る。日頃は雪之丞が使う糸だが今宵は、半次郎が用いていた。

「こ奴は、いずれ御庭番であろう。神道一心流《しんとういっしんりゅう》のこの腕で成敗してくれるわ」

米原が、たんっ、と床を蹴り一気に前に出てきた。速い。速すぎて、張った糸に気づかなかった。

「ぐえっ」

咽喉に糸を食い込ませた米原が、目を見開いたまま、身体を痙攣《けいれん》させた。太刀がゴトンと床に落ちた。

半次郎が無言で、針を抜き、糸をくるくると回収し始める。和清が半円殺法の構えをとるまでもなかった。

「ぬぬっ。安潤なにゆえに」

黒堂が、仁王像のほうへと後退する。おそらく像の背後に隠し裏口があるのだ。

「神も仏も、俺には関係ねぇ。色に嵌まって殺された女たちの恨みを晴らし、恐れ多くも大御所を亡き者にしようとする謀《はかりごと》への天誅《てんちゅう》を下す」

和清は黒堂の前に飛び出し懐に手を入れた。火薬玉をもうひとつ取り出した。

「くっ、やはり御庭番であったか」

黒堂がくるりと背を向け、仁王像の背後に回る。板壁に手を伸ばしている。

「地獄の手土産に教えてやる。俺らは御庭番なんかじゃねぇよ。御城で一番怖い、番方よ」

『御裏番』とまでは言わない。

「どうでもいいわい。徳川の手の者など、いずれ皆殺しにしてやるわい」

黒堂が板壁を押した。板が回転する。からくり壁だ。砂利を敷き詰めた庭が見えた。その上を走って逃げる色坊主たちの姿が見えた。

「黒堂！　地獄に落ちろ！」

和清は、やにわに背後から黒堂に抱きつき、その口中に火薬玉を放り込んだ。

「ぬわわわっ」

黒堂は何を放り込まれたのか分からず、しどろもどろになっていた。

その両頬をバチンと叩いてやる。

「わっ」

と叫んだ瞬間、その顔が破裂した。木《こ》っ端《ぱ》微塵《みじん》だ。

首から下だけが、ぐらりと揺れて、砂利の上に落ちていく。


「春慶、よくも私を弄んだわね。生かしておけないっ」

いきなりなりえが喚《わめ》き、春慶に向かって飛び出した。

なんだ？

和清と半次郎は顔を見合わせた。

「ちょいと違う事情が絡んでいるようでござんすね」

半次郎が、頭を掻きながら言った。

「よく見れば、おまえ、葛飾藤吉《とうきち》のところの……」

春慶も呆然としている。

——葛飾藤吉
それは武士に金を貸して儲けている豪農の名だった。町人町にいくつも貸家をもっているほどだ。

「そうよ、私はあそこの下女をしていたお徳《とく》よ。娘の供で両国に出たときに、あんた娘をひっかけた。ついでに私にまで手を出しやがって」

なりえが、春慶の胸の中に飛び込んだ。

「えっ？」

和清は唖然となった。

おそらくなりえは百姓家の裏にある何かを探索するために、御庭番として潜入していたのだろう。

それで役目とはいえ、流れで同衾せねばならなくなった。『お役目同衾』とは、それは不憫だ。

「ぐふっ」

春慶が脇腹を押さえて、仁王像の前に背中から落ちた。

右腹に匕首がずっぽり入ったままだ。

「私怨《しえん》ではないです。女の敵は女の私が仕置きしたかった。それまでです」

なりえが吹っ切れたように微笑んだ。


「わしは何も知らんのだ。この黒堂という男とは、たまたま寛永寺参りの際に会ったまでだ。吟味物調役として、調べをしているに過ぎん」

それまで隅で固まっていた山本徳兵衛が、開いたままになっているからくり壁から逃げようとした。

「ふん。寺社奉行を補佐する立場にありながら、謀反の一党と組み徳川を操ろうとした罪は重いっ。あわよくば老中首座を狙うなど、もってのほか、ええい、覚悟せい」

和清は山本の腕をとり、本堂に引き戻した。

「何をする。離せっ」

振りほどこうと、体を捻っているが、五十路近い老体である。和清と半次郎で大黒柱にその身体を綱で括《くく》りつけた。

「何をする。いまに寺社奉行の捕り方が来るぞ」

喚き続けている。

「半次郎さん、なりえ、ならば仕上げといくか」

「へい」

「はい」

三人は境内に降りた。

「松吉さん、思い切り本堂と僧堂にぶっ放してください」

加農砲を指差して言う。

すでに色坊主たちは逃げたようだ。

そこかしこに、踊り衆の木刀でやられた虚無僧が倒れていた。

「それなら二発同時にいきますよ。みなさん下がってください」

松吉が言って火縄に火をつけた。

白煙とともに弾道の低い弾が飛び出した。

これまで聞いたことのない轟音だった。

一瞬にして本堂の正面に大きな穴が開き、大黒柱が崩れる音がした。

一同、顔を見合わせた。

耳が聞こえないのだ。

客殿の上で『へ』の字の纏を振るっていた雪之丞が、纏と共に夜空に飛び上がり、宙で二、三度、回転しながら、和清の脇に着地した。

その瞬間、支えを失った本堂は音を立てて崩れた。

木片と埃が飛び散らかる。

僧堂も同じだ。いきなり真っ平になった。

火の手を上げずに、潰すにはこれしか手がなかった。

「さぁ、幕だ。葺屋町へ引き上げるぜ」

「おうっ」

まるで忠臣蔵の討ち入りの後のような雰囲気に包まれて、天保座一座は、満春寺から引き上げた。

闇裁きにしては眩しすぎて、しかもうるさすぎたかもしれない。

和清は、胸の内で、次は暗闇で制する方法を考えようと思った。


翌朝、人形町通りに出ると、市村座の前で樋口大二郎が、得意そうに朱房の付いた十手を振っていた。

「やい、勝之進。ゆんべ、俺は手柄を立てたんだぜ」

機嫌がいい。

「それはよかったですね」

和清はいつものように、樋口の袖に一朱銀を二枚、放り込んだ。

「目の前を妙な女中が通ったんで、背中の荷物を検めたのよ。人形よ。女は名乗らねぇし、人形を見る目が怪しいんで、中まで検めたのよ。そしたら出るわ、出るわ。阿片でやがんの」

「ええええ。それは大変なお手柄で」

「しかも、その女中、大奥女中ときた。大目付が飛んできて、引っ張って行きやがったが、町中で、大騒ぎになったんで、もはや隠しだてはできない、っていうんで、調べは大目付だが、手柄は北町ってことで、報奨金が出るってことだ。どうだい、俺もたいしたもんだろう」

樋口は話を盛っていた。

怪しんで止めたのではない。

樋口にはそこまでの眼力もなければ、女中姿とはいえ、武家に連なりそうな女を止めるほどの根性もあるはずがない。

天保座の踊り衆のひとりが、すれ違いざまに、女中に足を引っかけたのだ。

和清が筒井の筋書きに一行だけ加えたのである。

樋口大二郎にわざわざ手柄をたたせるためである。お人好しと見る向きもあろうが、樋口はいずれこき使う。

「樋口様、ひとつだけ言っておきます。あっしはもはや植草勝之進ではなく、天保座の東山和清。しがねぇ、小芝居座の座元でござんすよ」

そう伝え、和清は人形町通りを颯爽《さっそう》と歩きだした。


【幕】

◆参考文献

『江戸破礼句《ばれく》・梅の寶匣《たからばこ》―後期柳多留の艶句を愉しむ』蕣露庵主人著（三樹書房　一九九六年刊）
『醒睡笑―戦国の笑話』安楽庵策伝著　鈴木棠三訳（平凡社　一九六四年初版―一九八八年第二十刷）
『あんばいよしのお伝』林美一著（有光書房　一九七三年刊）
『江戸城―本丸御殿と幕府政治』深井雅海著（中公新書　二〇〇八年刊第三版）

一〇〇字書評

瞬殺

切り取り線

購買動機（新聞、雑誌名を記入するか、あるいは○をつけてください）	
□（　　　　　　　　　　）の広告を見て	
□（　　　　　　　　　　）の書評を見て	
□ 知人のすすめで	□ タイトルに惹かれて
□ カバーが良かったから	□ 内容が面白そうだから
□ 好きな作家だから	□ 好きな分野の本だから

・最近、最も感銘を受けた作品名をお書き下さい

・あなたのお好きな作家名をお書き下さい

・その他、ご要望がありましたらお書き下さい

住所	〒				
氏名		職業		年齢	
Eメール	※携帯には配信できません	新刊情報等のメール配信を 希望する・しない			

この本の感想を、編集部までお寄せいただけたらありがたく存じます。今後の企画の参考にさせていただきます。Eメールでも結構です。

いただいた「一〇〇字書評」は、新聞・雑誌等に紹介させていただくことがあります。その場合はお礼として特製図書カードを差し上げます。

前ページの原稿用紙に書評をお書きの上、切り取り、左記までお送り下さい。宛先の住所は不要です。

なお、ご記入いただいたお名前、ご住所等は、書評紹介の事前了解、謝礼のお届けのためだけに利用し、そのほかの目的のために利用することはありません。

〒一〇一‐八七〇一
祥伝社文庫編集長　清水寿明
電話　〇三（三二六五）二〇八〇

祥伝社ホームページの「ブックレビュー」からも、書き込めます。

www.shodensha.co.jp/
bookreview

祥伝社文庫

瞬殺《しゅんさつ》　御裏番闇裁《おうらばんやみさば》き

令和 5 年 7 月 20 日　初版第 1 刷発行

著　者　喜多川《きたがわ》 侑《ゆう》
発行者　辻　浩明
発行所　祥伝社《しょうでんしゃ》
東京都千代田区神田神保町 3-3
〒 101-8701
電話　03（3265）2081（販売部）
電話　03（3265）2080（編集部）
電話　03（3265）3622（業務部）
www.shodensha.co.jp

印刷所　萩原印刷
製本所　積信堂
カバーフォーマットデザイン　中原達治

Printed in Japan ©2023, You Kitagawa ISBN978-4-396-34898-4 C0193

祥伝社文庫の好評既刊

黒崎裕一郎　**必殺闇同心《ひっさつやみどうしん》**　新装版

悪党を成敗するのに表も裏もねえ！　昼間は盆暗《ぼんくら》な内勤同心・仙波直次郎が〝闇の殺し人〟となり、腐った悪を叩き斬る。

黒崎裕一郎　**必殺闇同心　人身御供《ひとみごくう》**　新装版

色狂い、刀狂い、銭狂い。狡猾な企みが生み出した〈人身御供〉の悲劇を、直次郎の心抜《しんぬき》流居合は救えるか？

黒崎裕一郎　**必殺闇同心　夜盗斬り**　新装版

直次郎の弱みを握り、殺しを依頼する美女の正体は何者か？　五年前の大事故から繋がる黒い糸を、直次郎の剣が両断す！

黒崎裕一郎　**必殺闇同心　隠密狩り**　新装版

江戸に蔓延《はびこ》る阿片の闇を根絶やしにせんと誓う直次郎。辿り着いたのは、妻の命の恩人――？　黒幕の陰謀とは。

黒崎裕一郎　**必殺闇同心　四匹の殺し屋**　新装版

特異な業《わざ》で殺しを請け負う〝殺し屋〟を始末せよ！　〈殺し人〉の本家・直次郎、怒りの心抜流居合が鞘走《さやばし》る！

黒崎裕一郎　**必殺闇同心　娘供養**　新装版

無垢な娘を次々に勾引《かどわ》かし、欲と金の生贄《いけにえ》にする淫靡《いんび》な地獄――。〈闇の殺し人〉直次郎が怒りの鉄槌を下す！

祥伝社文庫の好評既刊

小杉健治

札差殺し　風烈廻り与力《よりき》・青柳剣一郎《あおやぎけんいちろう》①

旗本の子女が自死する事件が続くなか、富商が殺された。頬に走る刀傷が疼《うず》くとき、剣一郎の剣が冴える！

小杉健治

火盗《かとう》殺し　風烈廻り与力・青柳剣一郎②

江戸の町が業火に。火付け強盗を利用するさらなる悪党、利用される薄幸の人々のため、怒りの剣が吼える！

小杉健治

八丁堀殺し　風烈廻り与力・青柳剣一郎③

闇に悲鳴が轟《とどろ》く。剣一郎が駆けつけると、斬殺された同僚が。八丁堀を震撼させる与力殺しの幕開け……。

武内　涼

不死鬼《ふしき》　源平妖乱《げんぺいようらん》

平安末期の京を襲う血を吸う鬼を狩る《影御先》。打倒平家を誓う源義経と手を組み、鬼との死闘が始まった！

武内　涼

源平妖乱《げんぺいようらん》　信州吸血城

多くの仲間の命を代償に京から殺生鬼を一掃した義経たち。木曾義仲の援護を受け、吸血の主に再び血戦を挑む！

武内　涼

源平妖乱《げんぺいようらん》　鬼夜行《おにやこう》

古えの怨禍を薙ぎ払え！　義経、弁慶、木曾義仲らが結集し、妖鬼らとの最終決戦に挑む。傑作超伝奇、終幕。